위로

위로

초판발행일 | 2011년 10월 31일
2쇄 발행일 | 2011년 11월 25일

지은이 | 김애양
펴낸곳 | 도서출판 황금알
펴낸이 | 金永馥
주 간 | 김영탁
편집실장 | 조경숙
표지디자인 | 칼라박스
주 소 | 110-510 서울시 종로구 동숭동 201-14 청기와빌라2차 104호
물류센타(직송 · 반품) | 100-272 서울시 중구 필동2가 124-6 1F
전 화 | 02)2275-9171
팩 스 | 02)2275-9172
이메일 | tibet21@hanmail.net
홈페이지 | http://goldegg21.com
출판등록 | 2003년 03월 26일(제300-2003-230호)

ⓒ2011 김애양 & Gold Egg Publishing Company Printed in Korea

값 12,000원

ISBN 978-89-97318-00-1-03810

위로

김애양 수필집

황금알

'한 조각의 위로'를

세 번째 수필집을 발간하면서 망설임 없이 위로란 제목을 붙였습니다. 위로에는 아무 조건이 필요 없으니까요. 또한 위로가 필요하지 않은 사람도 없을 것입니다. 요즘처럼 세계적인 경제 불안정으로 모두가 어려움을 겪을 때 더욱 많이 나눠야 할 말이기도 합니다.

위로의 가장 큰 매력은 누구나 할 수 있다는 점입니다.

더 많이 가진 자가 덜 가진 자에게 줄 수 있는 그런 경제원칙과는 달리 누구라도 마음만 있다면, 그 어떤 이에게 위로를 전할 수 있지 않습니까?

위로란 중병을 앓고 있는 환자가 조금 아픈 사람에게 해줄 수 있고 배고픔이 더 심한 자가 덜 고픈 이에게 줄 수 있습니다. 또 한겨울 헐벗고 추위에 떠는 나무의 모습도 제게 위로입니다. 봄이 오면 어김없이 희망을 줄 거란 믿음 때문이지요.

감히 누군가를 위로하겠다는 꿈을 꾸지는 않습니다. 어쩌면 저 하나 위로하는 것만으로도 큰 만족이랍니다. 오히려 남에게 위로받고 싶은 심정으로 쓴 글들인지도 모릅니다.

어떤 이는 개업의사인 저에게 얼마나 환자가 찾아오지 않으면 자꾸 책을 내느냐고 말하지만, 수필 쓰는 의사는 뭔가 다를 거라고 제게 믿음의 눈길을 보내준 우리 환자들이 저의 가장 큰 위로였음을 꼭 말하고 싶습니다.

　그동안 청탁에 응하여 쓴 글들을 하나 둘 모았습니다. 수필 가운데 더러는 의학칼럼이고 더러는 연극 팸플릿의 머리글입니다. 그러므로 이 책이 나오기까지 그간에 청탁을 주신 분들께 감사드립니다.
　매서운 눈매로 글을 평가하시는 이태동 교수님, 곁에 계신 것만으로도 큰 공부가 되는데 이렇게 발문까지 써주셔서 참으로 감사합니다. 어려운 출판계 사정에도 불구하고 흔쾌히 책을 떠맡아 준 황금알 출판사와 김영탁 시인께 고마움을 전합니다.
　그리고, 굳이 말하지 않아도 제 고마움을 아실 분들…….
　정녕 감사합니다.

2011년 늦가을
김애양

차례

Part 2
기억의 뚜껑

Part 3
살려주세요

Part 4
위로

Part 1

나는 이런 사람

감나무와 나눈 대화

출퇴근 때마다 스쳐 지나기만 했던 집 앞의 감나무가 늦가을에 이르러 감탄을 자아낸다. 황금빛 연시가 주렁주렁 매달려 있다.

기온이 떨어질수록 실하게 영글어가는 감 무게에 따라 나뭇가지는 휘청거리며 점점 어깨를 낮추어 간다. 수줍은 초승달이 꼭대기에 걸린 밤, 나는 그 아래 잠시 발걸음을 멈추고 질문을 던진다.

"이 계절이 행복한가요? 얼마나 만족하세요?"

수필집을 낸 후부턴 나무의 결실도 예사롭게 보이지 않았다. 가로등 사이에 늘어선 은행나무들도 조금씩 버거워 보이기 시작했다.

열매를 보고 나무를 알아주듯이 작품을 통해 작가를 평가할 것이다. 그렇다면 나무는 가을을 맞아 스스로 얼마나 만족을 느끼는 걸까?

감나무의 대답에 귀를 기울인다.

"내겐 만족이니, 행복이니 그런 거 없어요. 오늘도 태양의 빛을 받고 대지의 수액을 빨아들여 내가 있는 거예요. 그게 나의 존재 방식인 거예요. 혹시 이런 시를 아시나요?"

장미는 무엇 때문에의 이유가 없이 존재한다
장미는 핀다
왜냐하면 그것이 피기 때문이다
장미는 자기 자신에 신경 쓰지 않고, 사람들이 그를 보는지 안 보는지
하는 것도 묻지 않는다

"아, 의사이면서 신학자인 독일 작가 안겔루스 실레지우스의 「장미」로군요."

나는 반갑게 대답하고는 가만히 감나무를 올려다본다. 수없이 매달린 감 중에는 찌그러진 것, 벌레 먹어 얼룩진 것, 영글다 만 것 등등 보잘것없는 것도 적지 않다. 하지만 나무는 열매의 가치를 차별하지 않을 것이다. 그것이 까치밥이 된다 한들, 땅에 떨어져 한 줌 양분으로 흡수된다 한들 전혀 개의치 않을 것이다.

나도 한 그루 감나무이고 싶다. 태양과 대지의 축복으로 절로 열매를 맺는 나무는 그냥 존재할 뿐이다. 이따금 참새와 지빠귀의 사랑을 받겠지. 간혹 남실바람의 위로를 듣겠지.

글을 쓴다는 것이 내게 무슨 의미일까? 왜 나는 의사란 본연의 직업도 있건만 수필을 쓰면서 나를 표현하려 할까? 그건 감나무의 열

매처럼 장미의 꽃처럼 당연한 존재 방식이리라. 그 누구를 위해서가 아니라 날 위해 쓰는 것이 아니었던가? 이제 난 뭘 더 잘하려, 뭘 더 치장하려 애쓰지 않을 것 같다. 있는 그대로의 나를 보이리라. 그것이 비록 찌그러진 열매일지라도, 비록 벌레 먹었다 하더라도…….

부러진 기타

출근길에 병아리 행렬과 마주쳤다. 한 손을 들고 올림픽공원을 향해 길을 건너는 유치원생들은 영락없이 사랑스러운 햇병아리 떼였다. 새봄의 노란 햇살도 어린 생명에 이끌리는 듯 가일층 눈부시게 쏟아져 내렸다. 그중 한 아이가 나의 눈길을 끌었다. 바이올린 케이스를 들고 가는 꼬마였다. 장기자랑을 하려는 것 같았다. 녀석의 악기를 물끄러미 바라보다가 나도 오래전 기억 속으로 봄나들이를 떠났다.

중학교 2학년 때의 일이다. 나는 평소 "저요 저요"하고 나서기를 좋아했다. 교탁용 덮개를 만들어 오거나 커튼을 빨아올 사람을 찾으면 제일 먼저 손을 들었다. 하지만 집에 가면 화살받이가 되기 일쑤였다. 세 언니가 모두 나를 공격해왔다. 우리보다 잘살고 나보다 공부 잘하고 또 감투를 쓴 친구들이 많을 텐데 어째서 학급 일을 도맡아 오느냐는 것이었다.

  오 남매를 키우던 어머니는 막내인 나까지 세세하게 돌봐 줄 여유가 없었다. 아마 어머니의 관심을 이끌어 내고자 나는 자꾸 일을 저질렀던 것 같다. 그래도 어머니는 한 번도 날 허풍선이로 만들지 않고 밤새워 테이블보에 멋진 수를 놓거나 빨래를 해주었다. 그런 어머니의 후원에 힘입어 나의 "저요 저요" 병은 깊어져만 갔다.

  봄 소풍 때 장기자랑에 나갈 지원자를 찾았을 때, 또 여지없이 손을 들었다.

  집에는 기타가 하나 있었다. 대학생이던 둘째 언니 소유의 그 중고기타는 클래식연주용이라서 쇠줄이 아닌 나일론 줄이 매어져 있었고 퍽 부드러운 소리를 내었다. 클래식이란 단어에 매료된 나는 언니 몰래 기타를 가지고 놀았다. 피아노를 바이엘부터 시작하듯 기타 교본이 따로 있었는데 거기에는 쉽고도 예쁜 곡들이 많았다. 손가락 끝에 물집이 잡히고 굳은살이 박이도록 연습했지만 질리지 않을 만큼 그 소리가 참 좋았다. 혼자 듣기 아까워 누군가에게 자랑하고 싶어지는 것이었다. 다만, 자신의 물건이 남의 손을 타는 걸 견디지 못하는 언니에게 들킨다면 후환이 두려운 상황이었다.

  소풍날 무사히 기타를 들고 나갈 수 있기를 기도한 덕에 언니가 일찍 등교하는 운수 좋은 아침을 맞았다. 하지만 좋은 오전 운수가 오후까지 이어지는 일은 대체로 드물다.

  동구릉의 너른 벌판에서 엉성하게 바흐의 〈미뉴에트〉를 연주했으나 아이들은 아무도 클래식 따위에 귀 기울이지 않고 떠들어 댔다. 어쩌면 나뭇가지 위에서 듣던 까마귀가 웃을 만큼 형편없는 솜씨였는지도 모르겠다. 다만, 전교생 앞에서 우아하게 클래식기타를 연주하는 사람이란 걸 뽐내는 것만으로 나는 충분히 만족할 수 있었다.

돌아오는 길에 차를 기다리며 잠시 기타를 세워두었던 것이 화근이었다. 기타는 얄팍한 헝겊 옷을 입고 있었기에 넘어지는 순간 목이 댕강 분질러져 버린 것이다. 교수형이나 단두대란 말이 섬뜩한 이유를 그때 잘 알게 되었다. 목이 잘린다는 게 얼마나 공포감을 불러일으키는지……. 부러진 기타 머리는 인형극의 무능한 주인공처럼 대롱대롱 줄에 매달려 간신히 본체에 붙어 있었다.

그러나 언니가 내게 퍼부을 분노를 떠올려보면 나도 그 기타 신세와 다를 바가 없었다. 순간접착제를 사다 발라보아도 장력이 500g에 달하는 기타 줄을 감당하기엔 어림없는 일이었다. 다급하게 옆집 목수 아저씨를 찾아가니 'ㄷ'자형 못으로 연결해주었다. 살그머니 제자리에 망가진 기타를 세워두었지만, 일주일 후 발각되었을 때는 사실은폐 죄까지 특별 가중되어 몇 배나 곤욕을 치러야 했다. 당돌한 문제아로 부각되면서 언제나 내 편이었던 아버지의 얼굴에조차 근심이 드리워졌던 뼈아픈 사건이었다.

그런 일을 겪고도 37년이 지난 지금까지 난 조금도 변한 것이 없다. 어디서나 "저요 저요"하고 나서길 좋아한다. 나의 허영심일까? 혹은 영웅심일까?

그 탓은 기질에다 두어야 할 것 같다. 우주의 원소를 공기, 물, 불, 흙으로 나눈 엠페이도클레스의 4원론에 따라 히포크라테스는 체액을 피blood, 황담즙choler, 흑담즙melancholy, 가래phlegm로 분류하였고 갈렌이 다시 다혈질, 담즙질, 우울질, 점액질로 기질을 나누었다.

다혈질은 항상 즐겁고 생동감이 넘치지만 충동적이고 변덕스러운 사람이다. 담즙질은 자신감이 많고 의지가 강하지만 이기적이고 오만하다. 또 우울질은 섬세하고 예민하지만 답답하고 침울한 성격이고, 점액질은 유순하고 느긋해도 열정이 없다는 게 단점이다.

셰익스피어 작품 속에도 기질에 대한 언급이 종종 나오고 스탕달은 기질에 따라 사랑을 분류 했는데 종교와 교육학에서는 정확한 기질을 파악하는 것이 인성계발에 필요하다고 한다.

어느날 남편의 동창생이 모임에서 여럿의 기질 테스트를 해주었다. 설문조사처럼 간단한 검사였다. 그 결과 나는 상당한 다혈질의 성향이 있는 것으로 분석되었다. 평소에 나약한 여자처럼 굴고 남편에게 "네 네" 순종하는 모습만 보아 온 사람들은 나를 대표적인 점액질일 것이라 예상했는데 의외의 결과라며 놀라워했다. 사실 나도 놀랐다.

그러니까 언제나 나서길 좋아하고 즉흥적인 내게 후회할 일이 많이 생기는 이유는 지나치게 다혈질이기 때문이었다. 그런 성정을 다스릴 수 있었다면 기타의 목이 부러지는 에피소드는 발생하지 않았을 것이다.

네 가지 기질들이 균형과 조화를 이룰 때 건강이라 부른다. 즉 치우치지 않고 평형감각을 유지하는 삶이란 각 기질의 장점을 살리고 단점을 없애도록 노력해야 한다. 크게 즐거울 일도 크게 슬퍼할 일도 없는 것이 인생이란 걸 터득한다면 기질조차 쉬이 바꿀 수 있으리라. 사람이란 원하는 걸 다 하며 살 수는 없다는 걸 강조하는 남편은 나의 두드러진 다혈질 성향을 몹시 못마땅해하는데, 오늘도 나는 아파트 반상회에서 반장을 선출한다기에 "저요 저요"하고 손을 들고 말았다.

내 이름은 줄리엣

20년 전쯤 장안의 화제가 된 소설 중에 김한길의 『여자의 남자』가 있다. 대통령 딸의 애절한 사랑을 그린 이 작품이 큰 인기를 얻은 데에는 프랑스 시인 자크 프레베르의 작품들을 적절하게 인용한 점이 한몫했다. 그중에서도 「나는 이런 사람」이 돋보였다.

나는 이런 사람
이렇게 태어났지
웃고 싶으면 큰 소리로 웃고
날 사랑하는 이를 사랑하지
내가 사랑하는 사람이
매번 다르다 해도
그게 어디 내 탓인가요

그런데 이상하게도 몇몇 친구들이 내게 똑같은 말을 했다.

"이 시를 읽으면 네가 자꾸 떠올라. 프레베르가 널 위해 이걸 지었나 봐……."

시의 뒷 구절은 더욱 자유분방함을 그리고 있는데 심지어 나도 내 얘기 같았다. 몹시 제멋대로 굴길 좋아하고 무한한 자유를 갈구하는 성향이 같다고나 할까?

그에 대해 부모님을 원망하곤 했다. 아버지가 딸들에게 이름을 지어 주면서 좋은 한자는 언니들에게 다 붙여주고 넷째인 내겐 큰 바다 양洋자를 선택하여 나는 애양이가 되었다. '사랑의 바다'라는 드문 이름 덕택에 스스로 모르는 사이에 바다의 성향을 갖게 되었나 보다.

그러나 아버지가 돌아가시고도 한참 후에야 그것이 얼마나 좋은 이름인 줄 알게 되었다. 셰익스피어 학자였던 아버지가 줄리엣을 떠올리고 붙여주셨다는 걸.

제 맘은 바다처럼 한이 없고 애정도 바다처럼 깊어요. 그러니 당신께 드리면 드릴수록 제게는 더 많아져요. 두 가지가 다 한량 없으니까요.

「로미오와 줄리엣」에 나오는 저 유명한 발코니 대사이다. 그렇다면 줄리엣의 한국 이름은 '애양'이가 아니고 달리 무엇이랴.

내가 생각하는 자신의 단점은 한계가 없다는 점이다. 그건 끝이 없는 바다처럼 무한정을 뜻한다. 내 머릿속에선 이 세상에 허용되지 않는 일이 하나도 없고 이해 못 할 것도 없다. 한 예로 우리 병원을 찾는 환자 중엔 트랜스젠더transgender들이 많다. 남자에서 여자로 또는 그 반대로 바뀌길 원하는 사람들인데 우리나라에선 아직 이들에 대한 이해가 적어 병원에서 문전박대를 당하기 일쑤란다. 하지만 나는 이들 성전환자를 돕고 싶은 마음이 간절하다. 그들의 소망도 나의 것처럼 소중한 것임을 인정하고 싶다.

그리고 또 나는 도무지 '노No'란 말을 못하는 사람이다. 세상에서 가장 두려운 일이 남에게 거절당하는 것이라 혹여 내가 누군가에게 모진 거절을 하게 될까 봐 전전긍긍한다. 결국, 안 된다는 소리를 못하기 때문에 인간관계에서 질질 끌려가기 마련이다. 강아지를 키울 때조차 야단을 친 적이 없어서 개의 버릇은 엉망이 되어버렸다. 아이들도 친할머니 손에서 자라게 되어 다행이지 만약에 내가 길렀으면 예의범절도 모르게 되었을 거라는 말을 많이 들었다. 만약이란 원래 생기지 않는 일이므로 생각할 필요가 없다. 오히려 우리 간호사들은 원장님이 안 된다는 말이나 잔소리를 않기 때문에 일할 맛이 난다고 한결같은 성실함을 보여주고 있다.

간혹 누군가 나의 소원을 물으면 "죽을 때 통장에 잔액을 한 푼도 남기지 않을 것과 가슴 속의 사랑도 한 점 남기지 않을 것"이라 답하곤 했었다. 듣는 이들은 근사하다며 꼭 그렇게 살라고 덕담을 건넸다. 하지만 세월이 흐르면서 나는 알게 되었다. 바닷물이 영영 마르지 않을 것처럼 사랑이란 소진되는 게 아니라는 걸. 줄리엣의 대사처럼 사랑은 주면 줄수록 늘어난다는 걸.

명리학에 따르면 나의 사주는 오행 중에서 나무木에 해당한다. 바닷속의 나무라면 나는 혹시 해초가 아닐까? 물결에 흐느적거리는 다시마나 모자반은 뿌리, 줄기, 잎의 구별이 없이 한통속이니 그것이 바로 매듭도 한정도 없는 나의 자화상일 것이다. 이제 누군가 나의 소원을 물으면 예전처럼 거창한 말은 하지 않으련다. 대신에 늘씬한 해초처럼 살겠노라 말하련다.

한 잎 미역이 되어 듬뿍 광합성을 하며 바다 깊숙이 맑은 산소를 뿜겠노라고. 어린 물고기들이 내 품을 찾으면 매끈한 손으로 따사로이 어루만져 주겠노라고. 또 사랑하는 흰 수염 돌고래와 마주칠 때마다 이렇게 속삭이며 나부낄 것이라고.

"내 몸 어딘가에 닿았던 당신의 입술 때문에 나는 영원히 죽지 못하고 깨어 있을 거예요."

그러나 꼭 죽어야 한다면 한 점 먹거리가 되어 아낌없이 주는 내 이름의 의미를 다하겠노라고……

내 사랑의 이슬이 그대 뼈에 닿으리

　장마 사이로 반짝 해가 비치던 날 공원으로 산책을 나섰다. 며칠 간의 쉬임 없는 폭우 때문에 보도블록이 물에 불린 콩처럼 부풀어 보였다. 도로 위엔 누군가 캄보디아 글자로 낙서해 놓은 듯이 지렁이들이 잔뜩 기어 다니고 있었다. 피부로 숨 쉬는 이들 환형동물은 물에 잠기지 않으려고 길거리까지 피난을 나온 것이리라. 한 마리라도 밟지 않으려면 외줄타기 곡예사처럼 묘기를 부리거나 술 취한 행인처럼 갈지之자걸음을 걸어야 했다.

　어느 순간 방심하다 기어이 지렁이를 밟고 말았다. 부지런히 토양을 일구던 생태계의 묵묵한 일꾼이 순직하는 현장이었다. 발바닥을 통해 대퇴골까지 뭉클함이 일시에 전달되었다. 산산이 으깨져 자연으로 흩어지는 한 마리 토룡土龍을 추모하다가 나는 「장자의 장례식」을 떠올렸다.

장자가 숨을 거두려 할 때, 제자들이 화려한 장례식을 준비하려 했다.
그러자 장자가 말했다
"하늘과 땅이 나의 관이요,
해와 달이 내게 짤랑 이는 구슬이고
행성과 별자리들이 내 주위에서 반짝이는 보석이며
만물이 밤을 새워 나를 애도할 텐데
무엇이 더 필요하단 말인가
모든 게 넘치도록 준비되어 있구나!"
그러나 제자들은 말했다
"스승님이 까마귀나 솔개에게 먹히면 안 되지요"
장자가 대답했다
"그런가? 땅 위에 놓아두면 까마귀나 솔개가 먹을 것이요,
땅 밑에 누우면 개미나 벌레가 먹을 것이다
어느 쪽이든 먹힐 터인데
너희는 왜 새들에게 더 인색한가?"

– 토마스 머튼, 『장자의 도』, 32편 14절

　우리가 엄마 뱃속에서 가지고 나왔던 것 중 지금 그대로인 것이
무엇이 있을까? 하얀 치아가 새롭게 돋아났고, 까만 머리털이 점점
자랐으며, 무른 살들이 불어나고, 성근 뼈들이 굵어졌다. 가축의
살과 대지의 알곡으로 몸을 가득 채우게 되었다. 평소 삼겹살과 순
대를 유난히 좋아하는 나는 대체 몇 마리나 돼지를 잡아먹은 것일

까? 이렇듯 남의 것을 빌어 살았으니 죽은 후에 자연으로 돌아가는 것은 당연한 일이라 하겠다. 시신으로나마 자연에 환원하는 것이다.

비단 몸만 남의 것이 아니다. 생각은 어떠한가? 우리의 생각 중에서 오롯이 내 것인 게 얼마나 있을까? 속담 하나 지식 하나 손수 만들어낸 것은 없고 누군가 알려준 것뿐이다. 교육과 학습에 의해 얻어진 것들이 생각을 이루는 것이다. 환자에게 아스피린을 처방하지만 그 지식이 과연 내 것이겠는지?

문화라는 울타리 안에서 길들여진 우리는 문화가 제시하는 대로 생각하게 되었다. 예를 들어 일부다처제인 아랍인과 엄격한 청교도주의자, 그리고 귀한 손님이 오면 아내를 대접하는 에스키모인들 사이 생각의 괴리는 얼마나 큰 것일까? 결국, 개인의 독자적인 생각보다는 남의 머리를 빌려 사는 셈이다. 내 생각만 옳다고 주장할 일이 하나도 없다.

그렇다면 감정은 어떠할지? 주관적인 감정만큼은 내 것이라 우길 수 있을까?

감정이란 무릇 생각이 빚어내므로 혼자만의 고유한 감정이라 단언할 것이 없을 것이다. 만일 감정이 독특한 개인의 소유라면 영화를 보면서 관람객이 동시에 울거나 웃는 일은 생기지 않을 것이다. 생각이 이미 내 것이 아니기에 감정 또한 그러하리라.

감정을 대표하는 사랑에 대해서만 생각해보자.

나는 지고한 예술을 사랑한다. 나는 숭고한 학문을 사랑한다. 나는 순수한 아가의 솜털을 사랑한다. 나는 진정한 인간성을 사랑한다. 이렇게 여러 가지를 사랑했으나 비단 그게 나만의 감정일까? 혹은 한 남자를 사랑했다 해도 그 감정이 나 혼자만의 것일까? 보이지 않는 감정을 어떻게 형상화할 것인가? 빛나는 사랑의 감정이 있었는지 아니었는지 또 어찌 분별할 수 있을까?

미국의 소설가 존 업다이크는 현대에서 '사랑'은 이제 '간음'이란 말로 대치시켜야 한다고 했다. 그만큼 사랑이 오용되고 남용되면서 사회적인 지배를 받는다는 뜻이다.

장자가 말하는 무위無爲란 아무것도 하지 말라는 뜻이 아니라 무엇에도 치우치지 말란 의미이다. 사랑도 미움도 지나치면 무위가 되지 못한다. 연인을 위해서 사랑한다는 감정도 버릴 때 비로소 진정한 사랑이라 부른다.

본디 내 것은 아무것도 없다는 이승의 삶 속에서 육신도 생각도 그리고 감정조차 내 것이 아니라 하니 그럼 내 사랑을 무엇으로 표현할 수 있을까?

어느 달빛 아래서 아름다운 시 한 구절에 감동의 눈물을 흘리면 증발된 내 눈물은 대기에 흩날리리라. 이른 아침 들길을 걷는 그대의 복사뼈에 만일 이슬 한 방울 닿는다면 그걸 내 사랑이라 여겨주길.

끝내 전하지 못한 내 사랑은 눈물이 되었다가 회색 구름으로 모일 것이다. 장맛비 흐느끼는 어느 여름날, 만일 그대의 어깨 위에 뜨거운 빗방울 하나 떨어지면 그걸 내 슬픔이라 느껴주길. 풍장風葬을 치른 시신처럼 자연으로 돌아간 한 여인의 감정이라 기억해 주길.

선물

　추석을 앞두고 달님은 날로 살이 찌는데 진료실은 점점 허전해진다. 올 추석엔 제약회사에서 병원에 보내는 일체의 명절 선물을 금지한다는 조치가 취해졌다. 투명한 사회를 만들자는 노력이겠지만, 언젠가 스승의 날에 아예 휴교했던 것처럼 미풍양속이 이해관계로 얼룩지는 건 씁쓸한 일이다.

　그러고 보면 나도 오랜 세월 받는 관행에 익숙해져 버렸나 보다. 하지만 난 꼭 그렇게 받기만 좋아하는 사람은 아니다.

　어린 시절 생각이 난다. 그땐 손님이 찾아오면 응접실이라 부르는 마루를 차지했다. 그러면 우리 남매들은 방 속에 콕 들어박혀 손님이 가기만 기다렸다. 유난히 숫기가 없는 나는 밖을 내다보지도 못했고 마루를 거쳐야만 갈 수 있는 화장실이 급해서 발을 동동 구르기도 했다. 빗자루를 거꾸로 세워두면 손님이 일찍 돌아간다는 옛말을 따라 해 봐도 별다른 효험이 없었다. 손님이 오래 머무는 경우는 대체로 큰 선물보따리를 가져왔다. 이윽고 손님이 간 다음 마루로 우르르 달려나가 선물을 끌러보는 일은 우리들의 궁금증을 채우고 또 오랜 기다림을 보상해주었다.

한번은 내가 들어갈 정도로 큰 선물상자를 가져온 아버지의 제자가 있었다. 훤칠한 키에 잘 차려입은 그 학생은 유명제과회사 집안의 아들이라고 했다. 본래 말수가 적은 아버지는 사실 손님들과 대화를 한다기보다는 언제나 혼자 끙끙 앓는 듯이 보였다. 그 학생만 해도 앞에 앉혀둔 채 오랜 시간 묵상이라도 하는 것 같았다. 마침내 그가 돌아가고 꼬리를 흔드는 강아지처럼 내가 선물상자에 다가가 풀어보니 그것은 종합과자선물세트였다. 평소엔 결코 사서 먹을 엄두조차 내지 못했던 푸짐한 비스킷들과 사탕 그리고 초콜릿과 껌까지…… . 그런데 과자 사이에 두툼한 봉투가 들어 있었다. 아버지에게 보고하자 버럭 역정을 내셨다. 낙제점수를 맞은 주제에 뇌물을 가져왔다고 당장 돌려주라고 했다. 이후 일은 어머니가 처리했지만, 주렁주렁 매달린 과자 덩어리들이 나의 침샘을 온통 자극한 후에 허무하게 돌려보내지는 일은 어린 내게 눈물 나도록 분한 일이었다.

그런 기억이 한몫을 했던지 나는 선물하기를 상당히 조심스러워한다. 공연한 오해를 살까 봐 염려스럽고 내 성의를 온전히 전달하지 못할까 봐 전전긍긍한다. 이를테면 어떤 포장이 좋을지, 시기는 언제가 좋을지, 우편으로 보낼까? 인편으로 보낼까? 카드를 써넣을까? 명함을 꽂을까? 따위에 골몰하다 보면 난 사소한 물건에 지나친 의미를 두는 사람 같다. 그렇게 궁리가 많다 보니 선물에 대해 각별한 견해를 갖게 되었다. 즉 선물이란 받는 사람보다 주는 사람이 한결 기쁘다는 걸. 받는 이가 아닌 주는 이의 몫이라는 걸. 그건 마치 사랑과 같다는 걸.

그런데 이런 나의 생각과 같은 대목을 발견했다. 니코스 카잔차키스의 『지중해 기행』 중에 나오는 내용이다. 『그리스인 조르바』처럼 근사한 작품을 쓴 카잔차키스의 말이라 몇 배나 더 반가웠다.

> 살아오면서 그런 유의 행복을 종종 맛본 적이 있다. 여행 끝에 마시는 물. 소박한 은신처. 세상 어느 귀퉁이에서 남모르게 살아가는 인간의 따뜻하고 소모되지 않는 마음. 그 마음은 낯선 이를 기다린다. 그리고 마침내 그 길의 끝에서 낯선 이가 나타날 때, 인간을 발견한 그 마음은 기쁨으로 설렌다. 그리하여 사랑에 빠진 것처럼 지극히 환대한다. 확실히, 받는 사람보다 주는 사람이 더 행복하다.

추석이라고 고교 은사님께 작은 선물을 보내드렸더니 전화가 왔다.

"애양아, 이렇게 받기만 해서 어쩌겠니? 난 네게 주는 게 없는데……."

나는 이런 인사를 대비한 답변거리를 마련해 두었다. 우리말 중에는 '주다'와 '받다'라는 서로 상반된 단어가 합쳐진 '받아주다'란 단어가 있다. 이 '받아주다'란 낱말은 얼마나 자애롭고도 따뜻한 느낌이 드는지 모른다. 그렇다면 받는 것이 이미 주는 것이 아니겠는가?

제약회사의 명절선물 금지조치처럼 선물 본연의 의미를 왜곡하는 일이 더는 없었으면 좋겠다.

자빠지는 가방

 살면서 되도록 남에게 실망을 주고 싶지 않은데 본의 아니게 상대의 얼굴에서 역력한 실망감을 읽게 되는 순간이 있다. 그날도 그랬다.

 뉴욕을 떠나 서울에 도착하던 날. 14시간 동안 비행기 의자에 쭈그리고 있다가 비로소 공항에 내려 기지개를 켰다. 입국수속을 마치고 짐을 찾으러 갔는데 함께 탄 탑승객들이 모두 뿔뿔이 흩어지도록 내 것은 좀처럼 나오질 않았다. 내 짐이란 검은 이민 가방 하나였다. 시간이 갈수록 점차 불안해졌다. 왜 내 것만 도착하지 않는 것일까?

 더러 짐이 바뀌거나 잃어버린다고도 하지만 내 가방은 절대 그럴 우려가 없었다. 그 누구도 탐내지 않을 만큼 허름하고도 초라한 외모를 가졌다. 더욱이 네모난 가방인데도 혼자 서지를 못하는 것이 특징이었다. 밤새 여러 차례 짐을 쌌다가 풀기를 반복했더니 울퉁불

퉁한 모양새에다 무게 중심을 유지하지 못하고 쓰러져 버리는 것이었다. 그도 그럴 것이 바닥에 달린 바퀴 6개 중 하나가 떨어져 나간 상태였다. 그렇다면 너무 하찮아서 비행기에 실릴 자격이 없다는 건 아닐까? 혹시 버려졌을까?

30분도 더 기다린 후에 그 넓은 공항 안에 혼자만 남게 된 즈음 수하물 컨베이어 위에서 몸을 부르르 떨고 있는 내 가방이 보였다. 그런데 대문짝만 한 표지판이 붙어 있는 것이 아닌가? 내용물 확인이 필요하므로 세관원에게 보고하라는 지시문이었다. 국내에 반입할 수 없는 농수산물이나 축산물, 무기류, 화학 총기류가 들어 있을 것으로 의심된다는 것이었다. 미국에 시댁이 있어 일 년에 두어 차례는 공항을 드나드는 나인데 어찌 반입금지 물품을 가져왔으리오? 아무리 생각해보아도 참으로 해괴한 일이 아닐 수 없었다. 졸지에 범법자가 된 기분으로 후줄근한 내 가방을 카트에 싣고 세관원을 향해 갔다. 금빛 단추가 돋보이는 제복을 입은 세관원이 비척비척 다가가는 나를 아래 뒤로 훑어보았다.

지난해 뉴질랜드를 다녀온 친구가 양털 모포와 부츠, 스웨터를 압수당했다고 하소연을 한 적이 있다. 평생 처음 가본 여행이라 멋모르고 선물을 잔뜩 사왔는데 미화 400달러 이상의 물품을 신고하지 않았다는 이유로 압수하면서, 세관원이 어찌나 모멸감을 주던지 다시는 해외관광 따위는 가고 싶지 않던 말이 기억나서 나는 되도록 상처를 받지 않고자 멀찍이 섰다. 세관원은 내 가방을 열어보겠다고 했다. 딱히 지은 죄도 없이 사생활을 침해당하는 것 같아 썩 기분이 좋지 않았다. 유난히 내 짐이 볼품없이 생겨서 세관원이 더 고압적인 자세를 취하는 것만 같았다. 나도 남들처럼 혼자서도 '차렷'하고 서 있는 단단한 가죽 가방을 여행용으로 들고 다니고 싶었다.

언젠가 병역기피가 문제가 되어 입국 금지를 당한 모 가수가 공항에서 프랑스제 트렁크를 밀고 다니며 인터뷰를 하던 모습이 퍽 인상적이었다. 가죽에 그려진 로고가 얼른 눈에 띄는 그 회사 제품은 작은 핸드백 하나도 고가품인데 저렇게 크면 얼마나 비쌀까 하는 생각이 들었다. 그때 시어머니께 우리도 여행 가방의 수준을 높이자고 말씀드렸더니 "네가 무슨 연예인이냐!"라면서 어차피 비행기 짐칸에서 함부로 던져지고 굴려지는 것이므로 남대문시장에서 15,000원에 파는 헝겊 이민 가방이 제격이라고 내 말을 일축하였다.

세관원이 내 짐을 꺼내기 시작했을 때 주위에 사람이 많지 않아 참 다행이었다. 그 안에선 다양한 크기의 플라스틱 그릇들이 쏟아져 나왔다. 내가 세상에서 가장 아깝게 생각하는 것이 쌀뜨물이듯 시어머님은 플라스틱 용기들을 알뜰하게 챙기셨다. 미국 땅에 널브러진 일회용 접시며 액체 담는 그릇들을 한 번만 쓰지 않고 재활용을 하고 싶어 했다. 더욱이 내가 미국에 갈 때 싸 간 김치와 게장 등 젓갈을 담았던 플라스틱 박스들을 부엌 그득히 쌓아두었다가 도로 한국에 가져가게 했다. 플라스틱에는 유해물질이 들어 있어서 사용하지 않을수록 건강에 이롭다는 마당에 한 번 쓰고 버리라는 것까지 죄다 주워들고 온 나는 창피하기 짝이 없었다. 게다가 그릇들은 음식에 대한 추억을 간직하듯 다양한 냄새를 풍기고 있어 당장에라도 어디선가 마약 추적하는 개가 음식냄새를 향해 달려올까 봐 슬며시 걱정되었다.

마침내 세관원이 짐 사이에서 그가 찾던 목표물을 발견했다. 그것은 중세의 흑기사가 휘두르던 창처럼 생긴 물건이었다. 정육점에서 흔히 보는 칼갈이로서 미세한 골이 파인 쇠 봉에다 단단한 손잡이가 달린 모양이 엑스레이 촬영 상에선 필시 장검처럼 보였으리라. 세관원은 고개를 갸우뚱하며 자꾸 칼갈이를 만지작거렸다. 혹시 뚜껑을 잡아 빼면 칼이 나오는 건 아닌지 여기저기 돌려보고 건드려보더니 예상했던 무기류가 아니라 실망감을 감추지 못한 채 내게 물었다.

"요리 경연대회에 다녀오세요?"

여태 초라한 가방과 그 내용물 때문에 창피해하며 잔뜩 주눅이 들어 있던 나는 갑자기 여유로운 미소를 지을 수 있었다. 짐 덕분에 요리사 행세를 해도 무방할 것 같았다. 전문가용 칼갈이가 필요할 만큼 요리를 잘하는 것도 아니면서 시댁에서 공연한 걸 집어오는 바람에 이렇게 가방 검색까지 받게 될 줄이야.

더러 병원의 엑스레이 검사에서도 오진이 생기는 이유를 알 것 같기도 했다. 주섬주섬 빈 플라스틱 그릇들을 주워담는 나는 그것들을 꺼낼 때처럼 부끄럽지 않았다. 다시 짐을 여미고 났더니 내 가방은 또 기우뚱거리며 자빠져 버렸다. 서둘러 카트를 밀고 공항을 빠져나오며 그런 생각을 했다. 눈에 보이는 것만이 세상 전부가 아닐 거라고.

그대 영혼 앞에 영원한 거지 소녀

대학 합격소식을 듣고 은근히 기뻤던 점은 앞으론 남자를 자유롭게 만나도 된다는 허용이었다. 그래서 누군가 미팅을 주선하면 빠짐없이 참석하고 다양한 전공분야의 남학생을 만나는 일에 솔선수범했다. 거울 앞에서 여러 차례 옷을 갈아입으며 매무시를 가다듬는 날이면 어머니는 미팅 약속을 예측하고는 내 뒤통수에 대고 늘 같은 말을 강조했다. 집에서처럼 까불지 말고 다소곳하게 굴라는 주의에다가 세상 남자들은 자신보다 잘난 여자를 좋아하지 않는 법이니 아는 척을 많이 하지 말라는 당부였다. 어머니의 그런 충고에 나는 도저히 수긍할 수가 없었다. 그리 미모가 빼어나지도 않고 체격도 왜소한 나로서는 따로 내세울 것이 없었기 때문에 오히려 모르는 것조차 아는 척을 해야 했다. 오로지 지적인 이미지를 풍김으로써 파트너에게 색다른 인상을 심어주려고 애썼던 것이다.

그 결과는 우울했다. 동화책에서 보았던 대로 첫 만남에 운명을 걸 만한 백마 탄 왕자님도 전화번호를 물어보는 예절 바른 상대도 집까지 배웅해주는 흑기사도 걸리질 않았다. 미팅의 중요성을 심각하게 생각지 않는 친구들은 쉽게 애인이 생겼건만 내가 만난 파트너들은 한 번으로 족했다. 나는 왜 남자들에게 인기가 없었을까?

나름대로 여성스럽고 친절하며 남의 말을 잘 들어주고 상대를 퍽 배려한다고 자부하건만 남자들은 왜 내게 사랑 고백을 하지 않는 걸까? 고백은커녕 다시 만나자는 인사치레의 빈말도 없는 걸까?

학교를 졸업해도 상황은 여전했다. 결혼 적령기에 이르러 맞선을 여러 차례 보았지만 번번이 딱지를 맞았다. 어쩔 수 없이 나는 이솝우화에 나오는 여우의 신포도 마냥 모두 내게 적합하지 않은 상대라고 멋대로 위로하곤 했다. 헌데 그 실마리를 나중에서야 찾게 되었다.

북아프리카 전설 속의 코페추어Cophetua 왕은 여성에 대한 관심이 없었다. 독신으로 살기를 고집하다가 어느 날 창밖으로 헐벗은 거지 소녀 페넬로폰Penelophon을 보게 된다. 한눈에 거지 소녀에게 반해버린 왕은 그녀와 결혼을 하거나 아니면 죽고 말겠단 결심을 한다. 왕은 거리에 동전을 던져 거지들이 모여들게 만들고 그 무리 속의 페넬로폰에게 다가가 청혼을 한다. 그녀는 기꺼이 승낙하여 왕비가 되고 그들 부부는 백성의 사랑을 듬뿍 받다가 죽은 후에 한 무덤에 잠들었다는 내용이다.

이 이야기를 배경으로 〈왕과 거지〉란 민요가 만들어졌고 심리학에서는 '코페추어 콤플렉스'란 용어도 생겨났다. 즉 남자는 정신적으로나 육체적으로나 상대방에 대해 우월감을 갖지 않고는 성적 매력을 느낄 수 없다는 것이다.

그렇다면 그간에 만났던 남자들은 아는 척을 많이 하는 내게서 매력 대신에 거부감을 느꼈던가 보다. 어머니의 말씀이 꼭 맞은 셈이다. 그 현상은 나이가 들수록 더 심화하였다. 졸업 후에 전문의가 되었고, 석사를 거쳐 박사 학위까지 얻어 점점 거지와는 멀어지는 길로 접어들게 되었으므로…….

낯익은 그림 중에 에드워드 반 존스의 〈코페추어 왕과 거지 아가씨〉도 유명하다. 검은 머리숱에 진한 수염을 가진 젊은 왕은 남루한 소녀 앞에 무릎을 꿇고 있다. 청록색 갑옷을 입고 창은 땅에 꽂아 두고 빛나는 왕관은 벗어든 채로. 맨발의 헐벗은 소녀가 한 손에 아네모네 꽃을 들고 층계에 앉아 허공을 주시하고 있는 이 그림은 알프레드 테니슨의 시에서 영감을 얻은 것이라 한다.

> 그녀는 가슴에 팔짱을 꼈는데
> 차마 말로 다할 수 없이 고왔다
> 맨발의 거지 소녀가
> 코페추어 왕 앞으로 다가 갔다.
> 관복에 왕관을 쓴 왕이 계단으로 내려와

걸어오는 그녀를 맞으며 환영하였다
'놀랄 일도 아니지' 귀족들이 말했다
'햇살보다 아름다운 소녀일세'

구름 낀 하늘에서 달이 빛나듯
낡은 옷차림에도 그녀가 다 보였다
누구는 그녀의 발목을, 누구는 두 눈을,
누구는 검은 머리와 매력적인 거동을 찬미했다
그토록 예쁜 얼굴, 천사와도 같은 기품은
그 나라 어디서도 찾아볼 수 없었다
코페추어 왕은 맹세하였다
'이 거지 소녀를 짐의 왕비로 삼으리라'

— 알프레드 테니슨, 「거지소녀」

'코페추어 콤플렉스'는 문학 작품 속에서 자주 발견된다. 셰익스피어만 해도 「로미오와 줄리엣」뿐 아니라 「사랑의 헛소동」 그리고 「헨리 4세」와 「리처드 2세」 같은 사극에 몇 차례 언급하고 있다. 셰익스피어 시대야 신분 계급이 나누어져 있었다고 해도 인간성의 평등을 부르짖는 오늘날엔 해당하지 않는 심리현상이 아닐까?

그렇지도 않은 것이 최근에 프랑스의 초현실주의 작가 쥘리앙 그레끄의 작품 중에 아예 제목이 「코페추어 왕」인 단편을 보았다. 하녀와의 하룻밤 정사가 그려진 내용으로 미루어 그 역시 남성의 우월감을 드러냈다는 사실을 부정할 수 없다.

정말 그런 것일까? 세상 남자들은 자신보다 못한 여성에게서만 애정을 느끼는 것일까? 내가 일방적으로 좋아했던 그리고 내 사랑에 인색하게 굴었던 그네들은 늘 나보다 자신을 못하다고 여겼던 것일까? 난 이렇게 보잘것없는 영혼인데 대체 누가 누구보다 우월하고 열등하단 말인가? 이젠 코페추어 콤플렉스 따윈 상관없는 나이가 되었지만 나는 여전히 마음속으로 이런 말을 되뇌고 있다.

'그대 영혼 앞에 나는 영원한 거지 소녀랍니다.'

유토피아로의 초대

　어린 시절 우리 오 남매는 어지간히도 싸우면서 컸다. 맏언니보다 11살이나 어린 나는 싸움의 상대도 되지 않았으련만 언니들에게 울며불며 대드는 일이 잦았다. 그 원인제공은 주로 둘째 언니가 했다. 내가 초등학생일 때 대학을 다니던 그 언니는 나머지 식구들과는 생각이 많이 달랐다. 예를 들어 김장을 담그는 날에 온 가족이 모여 절인 배추를 나르고 무를 채 치느라 분주한데 혼자만 외출을 단행하는 것이었다. 봄맞이 대청소나 도배하는 날에도 언제나 불참이었다. 어머니의 일손을 덜어 드리고자 딸들이 순번을 돌며 설거지를 하기로 정했지만 둘째 언니는 절대로 응하지 않았다. 결국, 나머지 세 자매만 번갈아 일해야 했다. 집안일을 돕지 않겠다는 언니의 이유는 더 기가 막혔다. 자신은 장차 미국에 갈 계획이므로 모든 것이 기계화된 그곳에서 살기 위해서는 자질구레한 일을 하지 않는 습관을 들여야 한다는 것이었다. 설거지 따위는 식기세척기가 다 해 줄 테니 오직 버튼 누르는 연습만 하면 된다면서…….

그런 언니가 몹시 얄밉고 그의 몫의 일을 한다는 게 엄청 분했지만 내심 언니가 꿈꾸는 별천지가 궁금하기도 했었다. 식구 중에서 가장 출중한 미모에다 생각이 진취적인 둘째 언니는 곧잘 내게 선진국 이야기를 해주었다. 우리 집 마당의 수도꼭지로선 상상조차 할 수 없는 더운물이 줄줄 흘러나오는 목욕탕이라든지, 정기적으로 오물을 퍼내는 대신에 줄만 당기면 삽시간에 흔적이 씻기는 수세식 변소라든지, 옷장도 제대로 구경하지 못한 판국에 음식을 차갑게 보관한다는 찬장 등을 설명하면 나도 덩달아 미국에 대한 선망이 샘솟곤 했다. 하지만 겨울이면 손등이 거북이 등껍질처럼 터져서 글리세린을 바르고 자도 여전히 피가 나던 시절이었던 만큼 도무지 언니 말을 액면 그대로 믿을 수 없었다. 어떤 때는 듣다못해 뻥 좀 그만 쳐라 그런 나라가 어딨겠냐고 덤비기도 했다. 그러면 언니는 "글쎄 거긴 유토피아라니까."라고 천연덕스럽게 대꾸했다.

그때 처음 들었던 유토피아란 단어에 홀려 언니의 온갖 횡포를 잠시 잊기도 했다. 그 언니는 졸업하자마자 미국 땅으로 떠났으므로 자신이 추구한 대로 손에 물을 안 묻히고 살았는지 말았는지 정확히는 모른다. 어쩌다 귀국을 하면 모국의 변화에 혀를 내두르는 모습을 보았을 뿐이다.

돌아보면 불과 30년 사이에 우리나라가 이룬 경제발전은 실로 기적과도 같다. 미국 드라마를 봐도 우리만큼 안락하게 사는 것 같지 않다. 당장 북한만 해도 우리와는 생활수준을 비교조차 할 수 없고 요즈음 민주화 운동이 거세게 부는 아랍 국가들에 비하면 우리는 얼마나 많이 앞서고 있는지. 그렇다면 어린 시절 언니가 말하던 유토피아에 나는 이미 도달해 있는 게 아닐까?

모처럼 토머스 모어의『유토피어』를 꺼내 보았다.

1516년 당시의 영국 빅토리아 왕조를 풍자하느라 쓰였다는 이 책에는 이상 국가가 그려져 있다. 유토피아에 사는 사람들은 누구나 똑같이 하루 중 6시간씩만 일을 한다. 남녀노소가 모두 균등한 노동을 하므로 육체노동으로 허덕일 까닭이 없다. 남은 시간은 교양을 함양시키는 데 쓴다. 바로 유토피아에서 추구하는 바가 자유와 교양이기 때문이다. 공정하게 선출된 공무원들이 이들의 삶을 돌보는 일을 맡는다. 유토피아인들은 허례허식을 지양하고 검소한 생활을 하면서 덕이란 자연에 따르는 삶이라고 정의한다. 아이러니하게도 유토피아라면 의당 질병 따위는 없을 것 같은데 진료와 병원에 대한 내용도 나온다. 유토피아의 병원은 크고 널찍해서 환자들을 쾌적하게 수용하고 또한 전염병 격리에 철저하다는 것이다. 아주 유능한 의사들이 언제나 자리를 지키고 있으며 시설과 장비가 좋아서 환자들이 집보다 병원을 선호한다. 의사가 지정한 음식을 환자에게 우선적으로 주고 남은 것을 회관으로 분배한다는 것으로 미루어 환자를 무척 배려한다는 것을 알 수 있다.

책을 읽다 보니 토머스 모어가 제시한 이상향이 현대인의 삶보다 나을 것도 없어 보인다. 사형 폐지를 주장하는 등 휴머니즘을 강조하지만, 그곳엔 여전히 노예계급이 있었고 사유재산을 인정하지 않는 공동체라서 개선할 점도 눈에 뜨인다. 화폐도 없고, 도박도 없고, 술집도 없고, 사창가도 없고, 타락할 기회도 없고, 숨을 곳도 없으며 비밀 집회를 할 장소도 없다는 대목에 이르면 거기는 참 무료한 곳일 것만 같다.

우리는 이미 그의 유토피아를 뛰어넘은 좋은 세상에서 사는 게 아닐까?

유토피아Utopia는 그리스어로 '아무 데도 없는 곳'이라는 뜻으로서 영어로는 노 웨어No Where이다. 이걸 달리 읽으면 나우 히어Now Here가 된다. '지금 여기'라는 말이다. 그러니까 유토피아는 봄 햇살이 눈부시게 퍼지는 지금 내 진료실인 셈이다. 비록 인생은 언제나 불만투성이지만 더는 두리번거리지 말고, 또 다른 정토를 꿈꾸지도 말고 오늘 내가 사는 이곳을 유토피아라 믿어 보리라.

Part 2

기억의 뚜껑

호기심

"넌 참 먹고 싶은 것도 많겠다."

어릴 적 내 질문에 답변이 궁색해질 때면 어머니는 알고 싶은 게 많은 사람은 먹고 싶은 것도 많다는 옛말을 둘러대셨다. 그때부터 호기심과 식욕이 같은 거로 생각한 나는 엄마처럼 뚱뚱한 몸피가 될까 봐 더는 물어보기를 그쳤다.

하지만 밤길을 걸으면 달님은 왜 나만 졸졸 따라오는지, 개똥이 약이 되는 병이 무엇인지 궁금했으며 무엇보다 사람의 마음이 어떻게 생겼는지 몹시 의문이었다.

대학교 생물학 시간에 토끼를 잡아 실험한 적이 있었다. 나는 방과 후에 홀로 남아 토끼의 심장을 일일이 열어보았다. 토끼의 맑은 눈 마냥 예쁘게 생긴 마음이 그 속에 들어 있으리라 기대했건만 흰 토끼 염통 속엔 빨간 혈액뿐이었다.

또 해부학 실습 시간도 기억난다.

첫 수업이 시작되자 우리는 눈물을 흘리면서도 감히 소리 내어 울지 못할 만큼 겁에 질렸다. 주검이 주는 두려움 앞에서 떨지 않을 자 누구일까? 실내에 가득 찬 오싹한 느낌을 피하려고 숨을 쉬지 않으려 애써 보기도 했다. 마치 외투의 안감과 겉감처럼 죽음의 신비가 있어 삶의 의미가 있다지만 죽음이 뿜어내는 공포는 삶보다 훨씬 우세해 보였다.

포르말린에 보존된 시신을 카데바cadevar라 불렀는데 우리 실습조의 카데바는 자그마한 체격의 중년 남자였다. 차가운 타일 실험대 위에 무방비 상태로 누워있는 그에게 어찌할 바를 모르게 미안했던 우리는 울먹울먹한 심정을 누르고 실습에 임했다.

실험은 팔부터 시작하여 머리를 거쳐 몸통과 하지로 내려가는 순서였다. 주로 라틴어로 만들어진 골치 아픈 이름의 근육, 신경, 혈관들을 익혀가면서 우리는 점차 그가 한때는 사람이었단 사실을 망각하게 되었다.

실습실을 드나들면서부터 나의 호기심은 마음이 인체 중 어디에 있는지 밝히고자 하는 쪽으로 발동했다. 하지만 그건 쉽게 성사되지 못했다. 한쪽 팔을 해부했던 5월에 계엄선포와 함께 휴교령이 내려졌던 것이다. 집에서 자율학습을 하는 동안 나는 카데바가 안녕한지 자못 궁금했다. 가을학기가 재개되었을 때 그를 만나 반가웠다. 교과 과정이 밀렸다며 교수님은 실습을 재촉했다. 나의 마음 찾기도 바빠졌다. 때론 혈관 속을 비집어 보고, 때론 림프선을 갈라보면서 마음이 어디에 있는지를 열심히 뒤졌다.

10월에 이르러 흉곽을 열고 심장을 절개하던 도중에 나는 "바로 이거야."를 외쳤다. 그 속엔 하트모양의 검붉은 물체가 들어 있었던 것이다. 마치 선지 덩어리처럼 생긴 그 물질은 누르면 쉽게 부서졌지만 그걸 사람의 마음이라 믿어 마지않았다. 교단 위의 조교에게 달려가 "아, 드디어 찾았어요. 마음이 심장 속에 들어 있네요. 죽으면 이런 모양이 되나 봐요."라고 했더니 그는 아무런 대꾸가 없었다. 단지 나를 바라보는 눈길이 '의과대학 공부가 너무 힘들어 더러 정신을 놓은 학생이 있다던데…….'라고 말하는 것 같았다.

더욱이 함께 실습했던 그 누구도 나의 말을 귀담아듣지 않았다. 하긴 평소에 너무 실없는 말을 많이 한 탓인 듯했다. 집에 돌아오자마자 오빠에게 열을 올려 자랑했다. 인턴이었던 오빠는 어처구니없다는 표정을 지으면서도 상세히 설명해 주었다. 그건 사망 시 심장에 남아 있던 피가 응고되어 생긴 혈전이라고. 마음은 이미 떠났기에 죽음이라 부른다고. 죽은 이에게서 어찌 마음을 찾겠느냐고.

그때 나의 실망은 콜럼버스가 발견한 신대륙이 구대륙으로 판명난 것과 같았으리라.

그러나 나는 단념하지 않았나 보다. 여전히 사람의 마음이 무엇인지 궁금해하고 있으니.

산부인과를 택하여 일선에서 생명의 탄생을 관찰할 수 있는 것은 행운이었다. 레지던트 때 처음으로 초음파 진단기기를 보게 되었는데 엄마 뱃속의 아기는 흑백텔레비전 속의 주인공처럼 모습을 드러내었다. 임신 제5주에 임신 낭이 보이기 시작하다가 제7주째면 태아의 심장 박동이 감지되는 그 기계는 신기하기 짝이 없었다.

초음파를 볼 때면 지금도 궁금하다. 저 태아에게 마음이 있을까? 심장과 더불어 마음도 생긴 걸까? 아기는 정자와 난자에서 반반씩 더해진 것인데 마음도 둘이 합쳐진 것일까? 아니면 마음이란 또 다른 어딘가에서 옮겨와 인체에 깃드는 것일까? 초음파로 태아의 건강 여부는 알 수 있어도 마음은 볼 수가 없다.

무릇 생명이 있는 곳엔 마음이 있다고 했으니 신생아도 분명히 마음을 가졌을 것이다. 그렇다면 세상 이치는 아무것도 모른 채 오직 본능에만 따르는 저 작은 아가의 마음은 어른의 것과 뭐가 다를까? 호기심에 사로잡힌 나는 몇몇 선배를 붙잡고 물어봐도 시원하게 답해주는 이를 여태 만나지 못했다.

다만, 나이가 좀 더 든 후에 알게 되었다. 마음이 무엇인지 궁금해하는 걸 비단 호기심이라 부르지 않는다는 걸. 그건 인간의 본질을 찾는 화두라는 것을. 그리고 이 세상에서 마음처럼 중요한 것들은 눈에 보이지 않는다는 걸.

마음이 무언지 모르는데 어찌 비우라고만 하는지, 또 차지도 않았는데 왜 자꾸 비우라고 하는지? 죽는 날까지 마음에 대한 나의 호기심은 해결되지 않을 것 같다.

소심한 진료비

"원장님은 소설책만 읽으시느라 환자한텐 관심이 없는가 봐요."

진료를 받고 계산까지 마친 그녀가 도로 돌아와 빼꼼 문을 열고 내게 말을 걸었다. 그렇지 않아도 그녀가 진료실을 나서기가 무섭게 손턴 와일더의 『산 루이스 레이의 다리』에 다시 코를 박았던 나는 내심 뜨끔해졌다. 페루의 다리가 끊어지는 사고를 통해 인간에게 불행이 필연인가 우연인가를 말해주는 이 작품 속에서 혹시 지난여름 우리가 겪었던 수재를 이해할 만한 대목이 있는지 찾던 중이었다. 나는 얼른 책을 덮고 그녀의 도발적인 말의 의도를 물었다. 개원 초부터 우리 병원에 다녔으니 12년 단골환자인데 무슨 서운한 점이라도 느꼈는지 염려스러웠다.

보험 설계사인 그녀는 방광염이 자주 재발하여 직장 근처의 병원을 여러 군데 가보게 되었다. 최근에 간 곳에서는 방광염의 원인은 성병이라면서 다짜고짜 23가지에 이르는 성병검사를 시켰고 또 뱃속의 종양이 방광을 누를 수 있다고 해서 초음파 검사를 받아야 했다. 결국 진료비가 어마어마하게 들었는데 결과에선 성병도 종양도 발견되지 않았고 더 억울한 건 방광염이 금방 도졌다는 것이다. 그래서 조금 멀어도 우리 병원을 찾아왔는데 나도 환자들에게 검사를 많이 유도하면 수입이 훨씬 나아질 것이고 결론적으로 자기가 근무하는 보험회사의 우수고객이 될 수 있을 것이란 이야기였다.

그동안 여러 차례 다양한 보험 상품을 권유했던 그녀다운 말이었다. 적어도 의사의 독서에 대한 불만이 아니라는데 안심한 나는 자신을 돌아다보았다. 기실은 나 자신도 소극적인 진료에 대해 회의감을 갖고 있던 터였다. 가려워서 온 사람은 가려움만 해결해 주면 되지 확대해서 포괄적인 검사를 권하지 못하는 것은 나의 융통성 없는 성격 탓이었다. 하지만 그보다는 어떤 기억이 크게 작용했던 것 같다.

초등학교에 들어가기 전 땅꼬마 시절의 일이다. 어머니는 간혹 외출한다면서 한복을 곱게 차려입고 코티분을 뽀얗게 얼굴에 발랐다. 응당 집에서 나랑 놀아줘야 할 어머니가 혼자 나간다는 사실에 심통이 생긴 나는 동네 어귀까지 따라가며 데리고 가라고 떼를 썼다. 그럴 때면 어머니는 "꼬마야 집 잘 봐라."하면서 '센베이와 오꼬시'를 한 봉지 사주곤 했다. 자칫 급하게 먹으면 입천장이 홀딱 까지곤 하는 그 딱딱한 일본과자들을 좋아하는 건 아니었지만, 신문지로 만든 고깔봉투를 품에 안게 되면 소기의 목적을 이룬 성취감에 무척 흐뭇했다. 마당에 묶인 바둑이가 냄새를 맡고 아무리 낑낑거려도 모른 척하다가 나중에 언니 오빠들이 학교에서 돌아오면 전리품처럼 내어주었다. 특히 오빠가 맛있게 먹으면 얼마나 큰 보람을 느꼈던지…….

그날은 해가 저물어도 어머니가 돌아오질 않았다. 온 식구가 뚝방까지 나가 어머니를 기다렸다. 달이 중천에 뜰 무렵에야 모습을 드러낸 어머니는 더듬더듬 사태를 설명하였다. 종로에서 아버지 심부름을 마치고 돌아오려는데 우연히 고교 은사님을 만났단다. 몹시 반가워하시는 선생님과 다방에 갔다가 찻값을 지불하고 나니 차비가 모자라게 되었다는 것이다. 먼 길을 걸어오느라 새까매진 버선을 힘들여 벗으면서 어머니는 아버지에게 넌지시 내 이야기를 했다. "꼬마가 과자를 사달라고 조르지만 않았더라도……."

과자를 먹은 건 언니, 오빠가 더 양이 많은데 혼자 원망을 들은 나는 몹시 억울했다. 평소 아버지에게 잘 보이려고 내가 얼마나 애를 썼는지 아무도 모를 것이다. 내 눈에 세상에서 가장 멋지게 비친 아버지에게 착하고 예쁜 딸이란 말을 들으려고 방울처럼 굴러다니며 잔심부름을 도맡아 하거나 구두를 번쩍거리게 닦아놓거나 또 시키지 않아도 재떨이를 비우는 영리한 아이처럼 굴었는데, 어머니의 그 한마디는 나의 노력을 물거품으로 만드는 것 같았다.

제풀에 기가 꺾인 나는 며칠간 아버지의 얼굴을 제대로 쳐다보지 못하고 피해 다녔다. 물론 아버지는 그런 일로 나를 나무라지는 않았다. 하지만 그때부터 '셈베이와 오코시'뿐 아니라 다른 과자들도 입에 대지 않기 시작했다. 또 어머니에게 무얼 사달라고 조르지 않는 의젓한 아이가 되었다. 그리고 무엇보다도 상대가 예상치 못하는 지출을 요구하지 못하게 되었다. 그 오래전의 기억은 뚜껑을 덮어두어도 진료실까지 뚫고 나와 여전히 나를 다스린다. 만일 내가 환자의 생각보다 과다하게 병원비를 받는 바람에 혹시 그 환자가 하려던 소중한 일에 큰 차질을 빚게 하는 건 아닐까? 이런 생각을 하는 나는 영영 소심한 의사로 살 것 같다.

나의 초능력

　　창가의 바람이 자꾸 바깥으로 이끄는 봄날, 계절을 느껴보려고 집을 나섰다. 목적지는 경상북도 상주 극락정사. 비록 불교 신자는 아니지만, 그곳의 비구니 스님들이 간혹 산부인과에 진찰을 받으러 오면서 우리는 친한 사이가 되었다. 스님도 어쩔 수 없는 여자가 아니던가.

　　도로변의 벚꽃들은 합창곡을 부르고 먼 산의 진달래는 아리아를 들려주어 천지는 온통 꽃 노래로 가득 찬 듯했다. 이토록 좋은 날씨에도 고속도로는 한산했다. 나날이 오르는 기름값 때문인 듯했다. 드문드문 달리는 차 사이로 마구 속도를 내어도 좋으련만 그럴 수가 없었다. 곳곳에 무수히 많은 속도감시장치가 달려 있는 게 아닌가. 어쩌면 도로를 만드는 비용보다 카메라 감식기 설치에 돈이 더 많이 들었을 것만 같았다. 어떤 곳은 구간별 감시라고 A지점에서 떠나 B

지점에 도착하는 시간을 측정하기도 했다. 마치 카레이싱에 출전하는 선수가 된 것 같았다. 카메라를 의식한 나는 조심해서 봄 노래 속을 달렸다. 그러다 문득 계기판을 들여다보았다. 시계처럼 생긴 계기판의 최고 숫자는 200이 훨씬 넘지만, 주행속도를 가리키는 바늘은 120 이하에 머무르고 있었다.

승용차의 최대 속도는 200km가 넘는데 120km로 제한해야 한다면 무엇 때문에 빨리 달리는 차를 제작하는 것일까? 아예 속력이 적게 나는 차를 만들면 될 텐데…….

그건 혹시 세상엔 허용 범위가 넓지만, 선택은 인간의 자유의지라는 걸 강조하기 위해서일까? 예를 들면 담배만 해도 치열하게 금연운동을 벌일 만큼 건강에 해롭다면 아예 생산이나 판매를 하지 않으면 될 것이 아닌가? 할 수 있어도 참는 게 훌륭하다는 걸 알려주기 위해서일까? 곳곳에 매달린 카메라들이 운전자들을 길들이는 듯싶었다. 이렇게 대중을 통제하고 관리하는 도구들이 바로 미셀 푸코가 언급한 원형 감옥Panopticon의 일종으로 보인다. 개인의 사생활을 침해하고 감시하는 권력의 상징으로 카메라가 번쩍이는 것 같았다. 어쩐지 죄수가 된 듯 씁쓸한 기분으로 계기판을 들여다보다가 아주 오래전의 특별한 경험이 생각났다.

전문의가 되어 처음 취직한 병원엔 산모가 상당히 많았다. 임산부란 워낙 시도 때도 없이 진통이 시작되기 때문에 당직 날 밤엔 어김없이 몇 차례씩 분만실에 불려 나가야 했다. 그날도 잠이 들자마자 전화가 울렸다. 응급제왕절개수술이 불가피하다는 간호사의 급박한 호출이었다. 눈 비빌 새도 없이 시동을 걸고 달려나갔다. 집에서 병원까지는 5분 거리였다. 서둘러 집도하여 꺼낸 아이는 우렁찬 첫 울음을 터트렸다. 아이가 나오고 자궁을 봉합하고 나니 절로 안도의 숨이 쉬어졌다. 문제는 그 순간 발생했다.

눈앞이 보이지 않는 것이었다. 수술실이며 마취의사며 죄다 희미하기만 했다. 빨리 복막을 닫아야 하는데 난감한 노릇이었다. 손을 멈추고 반복해서 눈을 깜박거리다가 비로소 알게 되었다. 콘택트렌즈 끼는 것을 잊은 것이었다. 안경은 주로 집에서만 쓰고 외출할 땐 무조건 렌즈를 착용했는데 안경조차 쓸 겨를이 없이 튀어나오다니…….

시력이 나빠진 건 어른들의 말씀을 새겨듣지 않고 어두운 곳에서 책을 보았던 탓인지 고등학생 때부터 안경의 도움을 받고 살았다. 그러다가 안경이 미모에 방해된다는 이유로 숙녀가 되고부터 콘택트렌즈를 선호했던 것이다. 지금이나 그때나 맨눈으로는 반달조차 보름달로 보일 만큼 시력이 나쁜데 운전을 하고 병원에 온 것도, 수술을 집도한 것도 기적과 같은 일이 아닐 수 없었다.

렌즈를 끼지 않은 걸 자각한 순간부터 갑자기 무능해진 나는 수술실 한복판에서 어찌할 바를 몰랐다. 미간을 잔뜩 찌푸린 채 환자 몸에 코가 닿도록 고개를 숙이고서야 가까스로 수술을 마칠 수 있었다. 집에 돌아오는 길에 운전대를 잡지 못한 건 더 말할 나위가 없다.

보이지 않은 채 수술을 집도했던 그때의 경험을 나는 초능력이라 부른다. 잠재력에다가 조금 허풍을 붙인 것이다. 이렇게 나도 모르게 예비해놓은 능력이 있어 또 언젠가 유사시에 발동할 것이라고 굳게 믿고 산다.

200km를 달릴 수 있는 승용차를 100km로 유지해야 안전하고 경제적이라고 하듯이 우리는 더 잘할 수 있는 능력들을 제한하고 억제하기만 하는 건 아닐까? 비상시에만 작동하겠다면서 다양한 능력들을 감추고 또 아끼며 사는 건 아닐까?

하지만 너무 아끼기만 하다가 재능이고 소질이고 능력이고 아예 썩히는 건지도 모르겠다. 짐을 가득 실은 화물차를 앞지르기 위해 부웅 액셀을 밟다가 한순간 이런 생각을 했다. 더는 몸을 사리지 말고 누구를 도와주거나 예술을 사랑하는 데에 숨겨놓은 능력을 발휘해보자고……

부여 쥔 두 손

'삐용 삐용' 요란한 경보음을 내지르는 119구급차에 올라탄 나는 하염없이 떨고 있었다. 손이 떨리고 눈동자가 떨리고 세상이 온통 흔들려 보였다. 구급차에 실린 내 환자는 의식을 차리지 못한 채 입술이 점점 파래져만 갔다.

목적지인 대학병원까지는 우리 병원에서 불과 5분 거리이지만 내 불안한 심정의 거리로는 땅끝마을까지 가는 것만 같았다. 얼마나 오랫동안 친하게 지내오던 단골환자였던가! 그녀는 내게 남다른 의미가 있었다. 수년 전 어느 날 진료를 받고 가더니 줄줄이 환자들을 소개하여 데려오기 시작했다. 그런 인간관계가 하도 신기해 캐물어 보자 그녀의 남편이 한 조직의 우두머리라고 했다. 그 조직은 남편의 서열이 아내들에게도 똑같이 적용되는 걸 보여주었다. 깍두기 머리를 한 남편들과는 대조적으로 그 부인들은 하나같이 양순하고 순박

했다. 다만, 서로 간의 위계질서를 매우 중시하는 것이 특이했다.

그랬던 그녀가 우리 병원에 와서 영양제 주사를 맞던 중 갑자기 의식불명의 상태로 빠져든 것이다.

구급차 안에서 두 손을 맞잡아 쥐어 깍지를 끼니 두 배로 심하게 떨렸다. 미처 못다 한 나의 마지막 노력을 시작했다. 그건 오래전 어느 산부인과 의사에게서 배운 것이다.

그 도시는 주변이 온통 까만 탄광촌이었다. 인턴시절 파견을 나갔던 강원도 태백시의 장성. 눈자위와 치아만이 새하얄 뿐 온통 검댕이 칠을 한 광부들이 잦은 갱반사고로 실려 오던 응급실 근무는 고단하기 짝이 없었다. 인턴들이 너나없이 근무를 기피하던 오지의 그곳에서 나는 사선을 넘나드는 환자와 몇 차례나 마주했는지 모른다. 게다가 산부인과를 지원했던 터라 밤과 낮을 구별하지 않고 태어나는 아기들 때문에 피곤함에 지쳐 있었다.

보름달이 훤하던 어느 밤 분만실에선 다섯 번째 아기를 출산하려는 산모가 극심한 진통을 겪고 있었다. 산부인과 과장님은 군 복무 대신 무의촌으로 파견된 젊고 훤칠한 분이었다. 전문의 자격증을 취득한 까마득한 선배였지만 햇병아리 우리 인턴들에게 퍽 자상하고도 따뜻하게 경험담을 말해주곤 했다. 당직이 아닌 밤엔 포장마차에서 소주도 한 잔씩 따라주면서 각별히 후배들을 챙기는 그런 의사였다.

진통에 신음하는 그 산모는 단 한 차례 진찰을 받은 적도 없이 여느 때처럼 혼자 집에서 낳으려다가 아기가 나오질 않자 하는 수 없이 병원에 실려 온 터였다. 경산부라 쉬울 것이라는 우리의 예상과는 달리 지독한 난산이었다. 아기가 태어날 때 땅을 보고 나오면 분만이 순조롭지만, 하늘을 쳐다보며 나오느라 애를 먹이는 그런 경우였다. 오랜 실랑이 끝에 드디어 '응애' 하고 반가운 울음소리가 들렸다. 비로소 안도의 한숨을 내쉬던 것도 일순간, 산모의 자궁에선 피가 쏟아져 나왔다. 어느 폭포수가 저리도 세찼던가? 바다 한가운데가 뚫리기라도 한 것일까? 곁에서 아무 도움을 주지 못한 채 서 있기만 하던 나는 그만 겁에 질렸다. 깊은 밤 창밖에선 부엉이 울음소리가 들려와 두려움을 더했다.

과장님도 당황하기 시작했다. 병원에 구비된 온갖 비상약을 투여해 봐도 출혈은 쉽게 멎질 않았다. 혈액이 인체에서 차지하는 양이 8%인데 산모는 그 피를 다 쏟는 것만 같았다. 과장님은 커다란 거즈를 포개어 겹겹이 산도를 막고 나더니 갑자기 바닥에 털썩 무릎을 꿇었다. 그리고 두 손을 꼭 부여잡고는 기도를 올리기 시작했다. 흥건히 고인 붉은 피 위에서 그리고 산모의 두 다리 사이에서 고개 숙인 그의 모습을 무어라 표현해야 좋을까?

그의 얼굴에서 성모마리아 그 이상의 무엇을 보았다.

틀림없이 그 기도 덕분이었을 것이다. 출혈은 서서히 멈추었고 산모와 아기는 건강하게 퇴원했다. 그때의 기도하던 과장님의 모습은 의사로서 세상에 첫발을 내딛던 내 가슴에 선명하게 아로새겨져 있다.

의술이 어찌 인간의 기술만이라 하겠는가? 생로병사가 어찌 인간의 뜻뿐이겠는가?

나는 환자에게 이러저러한 처방을 해주지만, 그가 낫는 것을 단지 나의 치료라고는 생각지 않는다. 우리 몸속에는 일개 의사가 알 수 있는 그 이상의 초자연적인 힘이 들어 있으리라. 그리고 인간생명의 유한성과 존재의 허약성을 인식한다면 의학을 초월적인 성스러움과 연관 지어 생각하지 않을 수 없으리라. 약물치료나 처치와 같은 의학적 지식만으로는 최선을 다했다고 말할 수 없을 것이다.

내 머릿속에 각인된 과장님처럼 구급차 속의 나도 간절히 기도를 올렸다. 그 순간의 기도는 어떤 신의 이름을 불러도 좋았다.

응급실에 도착하자 그 환자는 여러 가지 검사를 받은 결과 어이없게도 수면제 과다 복용으로 판명이 났다. 최근 남편이 집을 떠나 복역을 하게 된 바람에 감당할 수 없는 일이 너무 많이 생겨 불면증에 시달렸단다. 여기저기 모아놓은 수면제를 한꺼번에 먹은 후에 나를 찾아와 영양제와 신경안정제를 투여받고는 깊은 수면에 빠져버린 것이었다. 어찌나 깊은 잠이었던지 호흡까지 불규칙해져서 가사假死 상태로 보였던 것이다.

대학병원에서도 한나절을 꼬박 더 자고 난 후에 깨어난 그녀는 내게 멋쩍은 미소를 지어 보였다. 그녀의 무사함도 필경 나의 기도가 하늘에 닿은 덕분이었을 것이다.

고무신

"어머나, 웬 고무신이래요."

이사 후에 집 단장을 하면서 동대문 시장에서 남자 고무신 한 컬레를 구해왔다. 오래전부터 현관에다 고무신을 비치해두려고 별러왔었다. 실내장식이 점점 서구화되면서 아파트 현관엔 인조대리석이 깔렸지만 비상용 신발로 고무신을 놔두면 어쩐지 넉넉해 보이리란 생각에서였다.

이따금 방문한 손님들도 고무신에서 향수를 느끼는지 반가움과 놀라움을 한마디씩 꼭 남기고 간다. 단돈 4,000원을 주고 사온 구문반짜리 고무신은 어느덧 우리 집 가보가 되었다. 그건 손엔 영어 서적을 들었으나 한복과 고무신을 즐기시던 어린 시절의 아버지 모습을 떠오르게 하고 윤동주 시인의 「슬픈 족속」을 생각나게 한다.

흰 수건이 검은 머리를 두르고/ 흰 고무신이 거친 발에 걸리우다/ 흰 저고리 치마가 슬픈 몸짓을 가리고/ 흰 띠가 가는 허리를 질끈 동이다.

그러고 보면 고무신은 본래 애환의 상징인가 보다. 우리나라에서 처음으로 고무신을 신은 사람이 마지막 임금 순종純宗이라니 말이다. 또 고무신의 선은 기왓장을 연상케 하므로 다분히 한국적이다. 그런데 토마스 만의 『마의 산』을 읽다가 고무신 이야기가 나와서 놀란 적이 있다. 결핵요양원의 카프카 교수는 주사기를 소독하지 않아 환자들에게 합병증을 유발하고 퇴원하지 못하도록 잠적해버려 부당하게 입원료를 많이 받는 의사이다. 그는 항상 고무신만 신고 다니는데 자신 때문에 죽은 환자들의 망령이 발걸음 소리를 듣지 못하도록 하려는 의도라는 것이다. 아마도 그 악질 독일의사가 신던 고무신은 장화이거나 바닥만 고무로 만든 가죽신이었을 뿐, 우리나라 고무신과는 전혀 다른 모양일 거라 짐작된다.

저녁 운동을 마치고 이따금 둔촌시장을 찾아간다. 늦은 시각까지 포장마차가 열려 있고 시장 속엔 인간미가 흐르기 때문에 우리 부부가 생맥주를 마시느라 즐겨 찾는 곳이다. 옆자리에는 머리가 희끗희끗한 중년신사 두 분이 있다. 고교 동창으로 생각되는 그들의 대화가 들린다.

"그래, 고무신을 거꾸로 신었어."

술이 불콰한 아저씨는 다정하게 대작해주는 친구에게 가슴 속의 말을 쏟아 놓는다. 학창시절 동갑내기와 예쁜 사랑을 쌓았단다. 입대 후 먼저 대학을 졸업한 여자는 영어 교사가 되었는데 휴가를 나왔을 때, 딴 남자에게 시집 간다는 말을 들었단다. 복무가 한참 남은 자신은 여자를 만류할 말이 하나도 생각나지 않아서 그냥 돌아서 온 것이 마지막이란다.

아마도 30년쯤 지난 사연 같건만 바로 어제 일인 양 이야기를 이어간다. 듣다 못 한 친구가 말을 막는다. 그만 좀 하라고, 백번도 더 들었다고, 그 실연 덕택에 이를 악물고 성공했지 않느냐고, 그 때문에 유학을 떠났고 소망하던 학자가 된 것이라고.

"제수씨와 그리 잘 살면서 왜 또 그 얘기를 시작하노?"

왜 이리 내 가슴 한쪽이 아린 것일까?

누군가 이 순간에 나를 지칭하여 고무신을 거꾸로 신은 여자라고 부른다면 어쩌지?

그건 내 탓이 아니었다. 그 나이의 여자는 쑥쑥 커가는 콩나물처럼 성장하지만 남자는 커다란 통나무가 되기 위해 저당 잡혀야 할 시련기에 있었던 거다. 입대할 땐 2년 8개월 정도는 얼마든지 기다릴 수 있을 것 같았어도 현실은 냉정했다. 내가 졸업과 동시에 의사 면허증을 따고 대학병원에 인턴으로 취직되었을 때 상대는 복학생일 따름이었다. 한 번도 그 일에 대해 미안하게 생각하지 않았다. 너무나 당연했기 때문이다. 부모님의 만류가 든든한 보루이기도 했다.

헌데 세월이 많이 흘러도 지난 연인을 기억하고 그리워하는 사람이 있음에 문득 두려움이 느껴진다. 내 탓이 아니었다. 어느 통계에 의하면 연인 중 90%가 군대 간 사이 고무신을 거꾸로 신는다. 그냥 흘러가는 강물처럼 자연스러운 일이었다. 군대에 가지 않아도 연인들은 헤어지기 마련이다. 연분이란 인간의 의지로만 결정되는 게 아니니까.

어릴 땐 아버지의 고무신을 거꾸로 신고 다닌다고 어머니께 부단히도 야단을 맞았다. 새하얗게 고무신을 빨아놓으면 개천가로 끌고 나가 보트 놀이를 하거나 모래를 퍼 담아 성을 쌓곤 했으니 말이다. 클레오파트라 코처럼 앞이 뾰족한 여자 것보다 앞 코가 둥근 남자 고무신은 작은 발이 거꾸로 신고 다니기에 알맞았다. 하지만 어른 물건을 아이가 건드리는 것은 버릇없는 일인데 그것도 마구 거꾸로 신고 다니니 어머니의 지청구를 들을만했다.

단순의 미학을 갖춘 고무신이야말로 거꾸로 신기에 얼마나 적합한지. 다른 신발들은 거꾸로는 발이 들어가기조차 불가능하지 않은가.

현관에 나란히 놓인 고무신을 손바닥 위에 올려놓고 나는 혼자 속삭여본다.

'고무신아! 고무신아!

네가 세상에 태어나지 않았다면

널 거꾸로 신는 이들도 세상엔 결코 없었을 텐데…….'

어떤 증명서

입학하자마자 누군가 말했다. "저기에 해부실이 있대."

의과대학 건물은 회색빛 돌벽에 박공지붕을 이고 중앙에 시계가 달린 3층짜리였다. 세상의 대학을 대표하듯 이지적이고 단정한 모습이었지만 해부실이란 소리를 들은 후부터 그곳은 머리털이 삐죽삐죽 일어서도록 공포를 자아내는 장소가 되었다. 비라도 흩뿌려지는 날이면 공동묘지가 연상되어 멀리 돌아가곤 했다. 교정 곳곳에 목련화가 피어날 때에 유독 그 앞의 목련은 원혼이라도 서린 듯이 자줏빛깔 꽃을 피워 기괴함을 보탰다.

예과 2년을 마치고 비로소 첫 해부학 실습이 있던 날이었다.

때는 3월, 아직도 꽃샘추위가 가시지 않아 신촌골 매서운 바람이 스치던 날.

우리 학년 60명은 해부학 교실로 향했다. 여태껏 감히 얼씬도 해

보지 못했지만 더는 피할 수 없는 곳. 의학의 진수를 배운다는 자부심이 서린 그곳으로.

라커룸에서 옷을 갈아입었다. 실습복은 수술복처럼 앞이 막히고 뒤에서 묶게 된 누리끼리한 무명천이었다. 모자를 쓰고 수술용 고무장갑도 끼었다. 조교의 인솔 하에 계단에 일렬로 서서 대기하는 동안 아무도 입을 열지 못했다. 그 숙연함과 경건함 속에 자신의 심장 고동소리만 느낄 뿐이었다. 선배 중에는 해부학 첫 실습 이후 다시는 학교로 돌아오지 않았다거나, 아예 정신병원에 입원해 버린 이의 소문도 나돌지 않았던가.

드디어 문이 열리고 우리는 발소리를 줄인 채 입실을 했다. 남쪽 창으로부터 햇살이 가득 차올라 여느 교실처럼 평화로워 보였다. 단지 내부 구조가 색다를 뿐이었다. 너른 공간에 열 개의 실습대만 놓여 있었다. 큰 침대 크기에 허리 높이쯤 되는 시멘트 실습대는 한쪽 모서리로 액체가 수월하게 흐르도록 표면이 경사져 있었다. 우리는 여섯 명이 한 조를 이루어 테이블을 둘러싸고 지정 자리에 섰다.

이윽고 해부학 교수님과 교목님이 들어 오셨다. 작은 키에 검은 테 안경을 쓰신 교수님은 학점이 인색하기로 소문난 대로 깐깐하기 이를 데 없어 보였다. 첫 수업 전엔 예배를 드리는 것이 전통으로 내려져 왔다. 목사님의 음성이 울려 퍼졌다.

"우리가 주검을 다루어 비록 인간에 대한 외경심을 외면하는 순간이 있더라도 이 모든 것을 신께 영광을 돌리는 데에 쓰이도록 해주십시오."

어디선가 훌쩍거리는 소리가 들렸다. 나도 덩달아 울고 싶었지만, 감정의 표현조차 용납이 안 될 것 같았다. 그 무거운 공기. 그 중압감. 나도 도망치고 싶었다. 다만 입술을 꼭 깨물어 보았다.

예배가 끝나고 실습이 시작되었다. 각 조마다 한 구씩의 시신이 배정되었고 우리는 그걸 카데바cadever라 불렀다.

실습실 한 곳에는 흡사 큰 욕조 같은 창고가 있었다. 나무 뚜껑에다 튼튼한 자물통이 붙어 있는 그 안에는 포르말린과 함께 여러 구의 시신들이 담겨 있었다. 그 카데바는 후배들의 몫으로서 약물처리 중이었다. 우리 조의 카데바는 자그마한 남자였다. 중년으로 보이는 그는 뭉뚝한 두 손끝에 박힌 굳은살로 미루어 막노동자였을 것으로 짐작되었다. 시립병원에서 사망한 행려병자나 연고자 없는 변사체들이 의과대학으로 제공되던 시절이었다. 그의 험한 외모는 삶이 순탄치 않았으리란 걸 막연히 추측하게 했다. 그런데 이렇게 사망 후에도 해부를 당하는 예사롭지 않은 일을 겪어야 한다니…….

지금도 해부학 시간을 떠올리면 눈살이 절로 찌푸려지는 데는 카데바의 모습보다 그 냄새의 기억이 더 크게 작용하는 것 같다. 포르말린에 고정된 시신은 야릇한 향취를 풍겼다. 백 리 밖에서도 감지할 수 있을 만큼 독특하고도 고약한 냄새였다. 아무리 두텁게 고무장갑을 끼어 봐도 그 특유의 묘한 냄새가 양손에 배었다. 셰익스피어의 「맥베스」에서 왕을 칼로 찌르고 왕위를 찬탈한 맥베스의 부인이 손에 묻은 핏자국을 지우고자 몽유병 가운데 손 씻는 시늉을 하듯이 해부학 실습 후의 우리는 강박적으로 손을 씻곤 했다. 손뿐 아니라 전신에도 해괴한 냄새가 파고들어 하굣길 버스에 올라타면 냄새의 진원지를 찾아 일제히 나를 돌아보는 승객들의 시선을 피해야 했다.

하지만 이 카데바의 도움으로 우리는 숱한 근육과 뼈와 신경과 혈관의 이름을 숙지하였고 복잡한 라틴어 명칭들을 외우면서 인체에 다가갈 수 있었다.

소설『동의보감』중에는 허준의 스승 유의태가 제자를 위해 위암에 걸린 자신의 몸을 내어주는 장면이 나온다. 또 김홍신의『대발해』에도 900년경의 발해국에서 3대째 대를 물린 한의사 가족이 등장한다. 그 중 아들에게 자신의 몸을 열어보라는 명의의 유언이 인상에 남는다. 누구나 몸을 아끼고 귀하게 여기기 마련이거늘 죽음 후에 신체를 훼손하도록 허락한다는 것은 쉬운 결정이 아니었을 것이다. 하지만 이들이 있어 의학은 면면히 발달하여 온 것이 아니겠는가?

우리나라 의과대학이 날로 증설되는 반면 카데바가 턱없이 부족하다는 기사를 보고는 나도 지난겨울 '장기 및 시신 기증 신청서'에 서명을 해서 증명서 하나를 받아두었다.

내 안의 눈사람

어릴 적에는 겨울 한 철 동안 서너 개의 눈사람과 사귀곤 했다. 그림 속에선 주로 중절모를 쓴 모습이고 내가 만들면 항상 대머리였기 때문에 나는 눈사람을 여자라고 생각해본 적이 없다. 수호신처럼 대문 앞에서 밤낮없이 나를 지켜주는 든든한 남자였다.

한번은 눈사람 목에 아버지의 고급 실크 넥타이를 매어줬다가 어머니에게 야단을 심하게 맞을 정도로 눈사람 치장에 몰두하곤 했다. 그처럼 눈사람과의 추억으로 아롱졌던 것이 언젠가부터 겨울에 눈이 거의 내리지 않았고, 눈이 온다 해도 뛰어나가 놀 만큼 한가하지 않게 되어 한동안 그의 존재를 잊고 지냈다. 어쩌면 눈사람의 핵심인 연탄재가 없어진 점이 그와 소원하게 된 가장 큰 이유인지도 모른다.

지난 겨울엔 100년 만의 폭설이라며 며칠이나 하염없이 눈이 내렸다. 잠시라도 눈이 쌓이는 걸 견디지 못하는 자동차를 위해 도로에는 염화칼슘이 뿌려졌어도 골목 사이사이엔 백설기 마냥 푸짐하게 눈이 보존되어 있었다. 건물 옥상 위로 올라가 보니 거기는 그 누구의 발자국도 찍히지 않은 순백의 설원지대였다. 그 즉시 세월을 뒤로 돌려 꼬마가 되어 눈밭으로 달려들었다. 하지만 그새 눈 굴리는 요령을 잃어버렸던지 좀처럼 눈덩이가 불어나질 않았다. 아마 날이 너무 추워 눈 입자가 얼어붙은 탓 같았다. 손발이 마비되도록 오랫동안 추위 속에서 실랑이한 후에야 간신이 두 개의 눈덩이를 완성했다. 그 무거운 걸 끙끙거리며 엘리베이터에 싣고 내려와 건물 입구에 세워두었다. 그리고 조물주가 된 기분으로 잣나무 가지로 눈썹을 붙여주고 주황색 영양제 뚜껑을 꽂아 코를 만들어 주었다.

다행히 추위가 이어져 눈사람의 수명이 오래갔다. 날마다 눈웃음을 치는 그의 모습이 다정하고도 친근했다. 출근하여 제일 먼저 반기는 그의 인사 덕분에 하루가 더 생기 있게 시작되었고 오가며 쳐다보는 이들도 저마다 귀엽다고 한마디씩 했다. 그렇게 일주일이 넘도록 자리를 빛내던 눈사람이 서서히 몸집이 줄어들더니 어느 날 감쪽같이 보이질 않게 되었다. 마치 누가 집어가기라도 한 듯 사라졌기에 호들갑을 떨며 경비아저씨에게 물어보았다. 아저씨는 얼굴에 웃음을 띠고 이런 대답을 들려주었다.

만화영화 〈은하철도 999〉의 주인공 철이가 엄마를 찾아 우주로 기차여행을 떠나듯이 확 없어졌노라고…….

바로 그것일 것이다. 내가 눈사람을 유난히 좋아하는 이유는 그 장렬한 최후 때문일 것이다.

얼음이 녹으면 물이 되지만 눈사람은 녹아내리기보다는 곧장 바람결에 날아가 버린다. 그걸 화학용어로 승화昇華라고 한다. 고체가 액체의 과정을 거치지 않고 직접 기체로 변하는 현상을 뜻하며 그 대표적인 예가 드라이아이스와 좀약으로 쓰이는 나프탈렌이다.

그리고 승화란 용어는 정신분석에서도 사용된다. 프로이트는 자아의 방어기전을 설명하면서 본능의 힘 특히, 성적·공격적 에너지를 개인적으로나 사회적으로 유용하게 돌려쓰는 기제를 승화라고 불렀다. 예를 들어 대변으로 장난을 치고 싶어하는 유아기의 항문기적 충동을 진흙을 빚는 예술로 바꾼다거나 성적충동을 체육활동으로 변화시키는 경우이다. 자신이 겪은 슬픔을 음악으로 표현하는 작곡가나 불행을 극복하고 소설을 써낸 작가 등을 종종 고난을 승화시킨 사람이라 일컫곤 한다.

프랑스의 시인 가스통 바슐라르가 7개월짜리 딸을 남긴 채 세상을 떠난 아내를 그리워하면서도 5개월 만에 철학학사 학위를 취득한 것도, 스승의 아내를 연모한 브람스가 처연하리만큼 아름다운 선율을 작곡한 것도 승화의 한 예일 것이다. 주로 예술가들에게 강력하게 작용하는 이 승화는 능률적이며 창조적인 방어기제인 한편 인간의 숭고함을 단적으로 드러내 보이는 힘이다. 그러고 보니 영어로 승화 sublimation와 숭고함the sublime이 같은 어원이 아니겠는지…….

사실 눈사람이 질펀하게 녹지 않고 바람 속으로 승화되는 화학작용은 눈사람의 노력은 아닐 것이다. 하지만 사람들이 험난한 세상을 살면서 역경에 굴복하거나 좌절해버리고 불행을 핑계로 생을 망쳐버리기가 십상인 걸 돌아볼 때 눈사람의 승화에서 어떤 일깨움을 얻는다.

　그래! 아무리 힘이 들어도 흐트러지거나 망가지지 말고 본연의 모습을 간직하며 살아야지. 비단 역경이나 고난뿐 아니라 운명적으로 피할 수 없는 축복 같은 사랑이 찾아온다면 승화된 사랑을 하겠노라 꿈꾸는 나는 오늘도 내 안에 눈사람을 간직하고 있다.

죽고 싶어

같은 이야기라도 정신과 친구의 입을 빌리면 더 비중 있게 들린다. 작은 못들이 자석에게 줄줄이 딸려 가듯 친구의 음성은 우리 귀를 끌어당긴다. 정신과 의사는 사람의 심리를 모두 꿰뚫는 것만 같아 신뢰와 기대를 갖게 한다.

그렇게 공신력을 얻은 친구가 이따금 어이없는 소리를 한다. 만일 식물인간이 되어 목숨만 부지하는 상황이 되면 우정을 발휘하여 죽여 달라는 것이다. 한방에 갈 수 있는 염화칼륨이나 마취에 사용하는 근육이완제를 몰래 투여하는 것이 진정한 친구의 도리라면서 자신은 마지막 순간까지 인격을 유지하고 싶단다.

몇 년 전, 간에 참외만 한 물혹이 생겼다는 진단을 받은 후부터 만날 때마다 친구는 그렇게 섬뜩한 주문을 하더니, 최근 중풍에 걸린 90세의 시모를 노인병원에 모셔놓고는 부쩍 죽음에 대한 이야기를 꺼낸다. 요양병원에 가보면 말씀은 변사처럼 잘하지만 이불 속에 기저귀로 감싼 하반신을 가린 노인들 모습에서 늙음과 육체의 쓸모없어짐에 대한 공포가 자꾸 커진다는 것이다.

아버지를 찾아온 병마의 이름도 중풍이었다. 뇌졸중으로도 부르는 그 병은 뇌 손상 결과 감각도 없고 운동도 불가능해진다. 그때 나는 세상에서 가장 슬픈 단어가 마비란 걸 알았다. 외형은 어제와 다름없으나 기능을 잃어버린 육신은 아버지의 다정했던 몸짓들을 가둬버렸다. 전하고자 하는 뜻이 차단되고 따뜻한 감각이 두절되고 소통을 거절당한 채 더는 교감을 허용하지 않는 상태. 그 마비보다 더 무서운 낱말은 다시 없으리라.

두 번의 쓰러짐 후에 마비를 겪는 아버지의 모습은 내게 충격이자 절망이었다. 날마다 조깅 시간을 어기지 않고 건강을 챙기던 분, 「햄릿」의 대사를 영어로 줄줄 외우던 명석한 학자가 어떻게 걷지도 못하고 말씀도 못한 채 자리를 보전하고 누워계시기만 한단 말인가? 왼쪽 팔과 다리는 나뭇가지처럼 말라 뒤틀어져 가고 의사표현은 오직 고갯짓으로만 가능해졌다.

"100살까지는 살 거죠?"

어쩌다 어머니가 질문을 던지면 아버지는 결연하게 머리를 위아래로 끄덕였다.

그건 너무나 아버지답지 않은 표현이었다. 그런 상태로 10년을 더 사시겠다니. 수명도 증여가 가능하다면 기꺼이 나의 몫을 도려내어 당신께 드리겠건만…….

평소엔 호불호好不好를 좀처럼 표현하지 않던 아버지가 신체의 70%가 마비된 상태로도 오래 살겠다는 건 죽고 싶지 않다는 뜻일 것이다. 목적지를 모르는 나락으로 혼자 떨어지지 않겠다는 애절한 소망이었을 것이다.

'4월은 잔인한 달'로 시작하는 T.S 엘리엇의 「황무지」에는 이런 제사題詞가 붙어 있다.

한 번은 쿠마에서 나도 그 무녀가 조롱 속에 매달려 있는 것을 보았지요.
애들이 "무녀야 넌 뭘 원하니?" 물었을 때 그네는 대답했지요.
"죽고 싶어"

희랍신화에 나오는 쿠마의 무녀 시빌sybil에 대한 이야기이다. 시빌을 사랑한 아폴로는 그녀에게 소원을 말하라고 한다. 그녀는 한 움큼 먼지만큼 오래 살게 해달라고 청한다. 그러나 젊음을 유지해 달라는 말을 하지 않아 오래 살았으되 그 나이만큼 늙어버린다. 수백 년간 늙어서 몸이 쪼그라들 대로 줄어든 시빌은 병 속에 갇혀 동굴 천장에 매달린 채 그저 죽는 것이 소원이다. 죽음보다 못한 황무지의 삶을 연명한다는 것이다.

만일 시빌처럼 오래 살게 된다면 죽고 싶어질까? 과연 그럴까?

아버지가 돌아가신 지도 어언 7년이 지났다.

병약한 체질로 여든둘을 채웠으니 그런대로 천수를 다한 것이라 믿고 싶다.

처음 아버지가 쓰러졌을 때 식구들은 저마다 마음의 준비를 했다. 당신의 성격상 남에게 폐를 끼치면서 오래 앓아누울 분이 아니란 생각에서였다. 미국에 거주하는 두 언니도 부랴부랴 귀국했다. 그 중 내과의사인 둘째 언니가 내게 물었다.

"사인sign은 했니?"

무슨 서명이란 말인가?

미국에서는 말기암처럼 회복할 수 없는 환자가 응급상황에 처하게 되면 심폐소생술, 강심제 투여, 인공호흡기 설치 등 일체의 생명 연장 의료행위를 받지 않겠다는 서류에 서명한다고 했다. 온전한 인간의 구실을 못할 바에야 차라리 죽도록 내버려 두라는 지극히 미국다운 정서를 드러내는 이야기였다.

"아니"

당시 한국에 그런 제도는 없었지만, 설령 있다고 해도 서명 따위는 하지 않았을 것이다.

며칠째 혼자 꿈꾸는 듯 의식을 회복하지 못하는 아버지의 침상 곁에서 그런 말을 꺼내는 언니가 야속하기 그지없었다.

그 후에도 아버지는 두 차례나 더 심폐소생술을 받았고 인공호흡기 신세를 졌지만, 마침내 걸어서 퇴원하였고 그로부터 4년 후에 우리 곁을 떠났다. 미국 방식대로 서명을 해두었더라면 얻지 못했을 시간이다.

그 인정머리 없는 제도를 '연장치료거부' 혹은 '소생술거부'라 부르며 우리나라에서는 2009년에 이르러 도입되었다. 환자나 직계가족이 미리 서명하면 임종 단계에서 자연스럽게 죽음을 맞도록 해주는 대학병원들이 늘어나고 있다. 환자에게 존엄사尊嚴死의 권리가 있다는 걸 점차 인정하는 추세이다.

대체 얼마만큼 살고 나면 죽고 싶어질까?

한국사람 평균수명을 웃돌고 나면? 한 움큼 먼지만큼의 세월을 살고 나면?

정신과 친구는 오늘도 통화 끝에 노인병원에 문병 다녀온 소감을 전한다. 노화의 서글픔을 강조하면서 부디 이성이 온전히 작동할 때 죽고 싶다고 토로한다. 그게 어디 뜻대로 되랴?

반면에 욕심이 한량없는 나는 시빌보다 더 오래 살아도 정녕 죽고 싶지 않을까 봐 조금씩 두려워진다.

Part 3
살려주세요

향초

　그녀가 일러준 대로 그릇에 물을 담아 초를 둥둥 띄우고 불을 붙였다. 수선화 꽃잎 모양의 향초는 보랏빛 블루베리 향을 뿜으며 검은 밤을 향기롭게 밝혀주었다. 문득 신석정 시인의 "아직은 촛불을 켤 때가 아닙니다." 구절이 떠올랐다.

　　어머니 아직 촛불을 켜지 말으셔요.
　　인제야 저 숲 너머 하늘에 작은 별이 하나 나오지 않았습니까?

　그녀가 진료실에 다시 모습을 보인 것은 거의 6개월 만이었다.
　"이런 걸 좋아하실지 모르겠어요?"
　가방 속에서 주저주저 꺼낸 선물이 바로 향초였다.
　"아니 세상에 촛불 싫어하는 사람도 있나요?" 내가 되물으니 어린

아이들에게 위험한 초를 뭣 땜에 만드느냐고 도외시하던 친구들을 보았다면서 "선생님이라면 꼭 좋아하실 줄 알았어요." 하고 수줍은 미소를 보인다.

지난겨울 신체검사를 받다가 우연히 종격동 종양mediasternal tumor 이란 낯선 병명을 진단받았다며 깜짝 놀라 제일 먼저 나를 찾아왔던 환자이다. 그때 우리는 내과 원서를 펼쳐 놓고 함께 공부했다. 그리고도 끝내 모르는 점은 병리학교수인 오빠에게 전화를 걸어 자문했던 것이다.

종격동이란 폐와 폐 사이의 공간으로 심장이 들어 있는 곳이다. 거기에 생기는 대표적인 종양은 흉선암Thymoma이고 그 밖에도 임파선암이나 갑상선암, 기형종 등등이 있다.

반년 만에 나타난 그녀는 다소 야위었어도 건강하고 씩씩해 보였다. 예상대로 흉선에서 발생한 종양이었는데 폐와 심막, 기관지 및 관상동맥까지 널리 퍼져 있어서 그 많은 조직을 제거하느라 수술 시간이 무려 9시간이나 소요되었다. 그래도 그만하기에 다행이라며 도리어 나를 안심시킨다.

그녀를 처음 만난 건 11년 전 개업 초이다. 당시 그녀는 과학재단의 연구원이었는데 임신이 되지 않아 배란일을 체크하러 꽤 여러 차례 내원해야만 했었다. 결국, 불임클리닉에 가서 인공수정 끝에 남아를 출산했다.

그녀의 여동생과 어머니도 우리 병원 단골이므로 거의 주치의 격으로 우리는 친밀하게 지냈지만, 함께 종격동 종양 공부를 하던 날 진심으로 나쁜 병이 아니기를 소망하던 나의 모습에서 큰 힘을 얻었 노라고 그녀는 예쁘게 말한다. 평소 친구들도 여럿 데려와 산부인과 진찰을 받게 하던 그녀가 나로서는 늘 고마웠다. 그리고 그런 희귀 한 병이 왜 그토록 열심히 성실하게 사는 그녀에게 찾아왔을까를 생 각하면 태만한데도 건강한 내가 미안하기조차 했다.

언젠가 내겐 대선배인 산부인과 의사선생님이 노년에 치매에 걸 려 고생한다는 소식을 접했을 때 내가 했던 경망스런 말이 기억 난다.

"일생 낙태수술을 많이 해서 벌 받은 건가 봐."

산부인과 의사가 병마에 시달린다면 그건 낙태를 많이 해서 받은 '죄의 값'이란 생각을 했던 것이다. 그건 아마 나 또한 어쩔 수 없이 그런 수술을 해야하는 자책감에서 나도 모르게 나온 소리일 게다. 그때 나를 뜨악하게 바라보던 한 후배가 병이란 그런 것이 아니라고 열변을 토했다. 성경 말씀을 제시해 가면서 병마가 존재하는 건 신 의 뜻을 입증하기 위해서이지 병으로써 단죄하는 것은 아니라고 했다. 하긴 착한 사람이 불행하고 오히려 악한 사람이 행복한 경우 도 많으니까 죄의 값이 병이란 단순 논리는 성립되지 않는 것이다.

미국의 여류 평론가 수전 손택이 이에 대해 쓴 글을 본 적이 있다. 암이나 백혈병 등 불치의 병에 걸리면 그것을 잘못된 삶 때문이라 여기거나 천벌이라 해석하는 것은 환자를 두 번 정죄하는 거라며,

사람들은 우연히 특별한 병에 걸릴 뿐이므로 병에 대한 관념적인 혹은 신학적인 해석은 금물이라는 것이다.

향초가 소리 없이 타오르는 동안 불꽃 사이로 그 환자의 동그란 얼굴이 떠오른다. 오랜만에 만난 그녀가 건강해 보여서 퍽 안심이다. 어디선가 들은 바로는 암에 걸리는 사람들은 자신보다 남을 더 많이 배려하고 지극히 소극적이면서 의사표현을 제대로 못 한다는 공통점을 가졌다고 한다. 그녀에게 이런 내용을 전하자 얼른 수긍하며 그래서 자신도 삶의 패턴을 많이 바꾸었다고 말했다. 병에 걸리기 전엔 다이어리를 빽빽하게 채우면서 철저하게 계획표를 짜서 시간을 완벽하게 활용하고자 애썼지만 지금은 조금 헐렁하게 살고 있단다. 취미생활로 캔들 타임candle time을 정해서 멋진 초를 만드는 여유를 갖게 되었다면서……

그녀의 향초는 블루베리 향을 풍기며 오래오래 내 곁에서 맴돌 것이다. 역설적으로 아직 촛불을 켤 때가 아니라는 메시지를 전할 것이다. 별이 하나 뜰 때까지 꿋꿋하게 병마와 싸우겠단 의지라 믿을 것이다.

두 줄기 눈물

　100년 만의 폭설로 은빛 아침을 맞은 날, 저마다 자동차를 버려두고 지하철로 몰린 탓에 인파 속을 떠밀리다시피 간신히 출근했다. 악천후라 기다리는 환자가 없으리라 예상했건만 병원 문을 열자 대기실에 앉아 있는 한 중년의 아주머니와 눈이 마주쳤다. 왠지 시름과 근심을 안은 표정에서 퍼뜩 불안감이 밀려왔다. 간호사 말로는 이른 시간에 도착해 벌써 30분도 넘게 나를 기다렸단다.

　"K를 아시지요? 그 아이 에미입니다." 진료실에 들어와 앉으며 조용히 말을 꺼냈다.

　K군이라면 우리 병원에서 호르몬 치료를 받고 있는 트랜스젠더 Transgender 중 한 명이다. 우리말로 성전환자라고 부르는 이들은 언젠가부터 나날이 내원 환자 수가 늘어났다. 예쁘고 몸매가 늘씬한 탤런트 하리수가 본디 남자였다는 것을 밝힌 후론 많은 음지의 트랜

스젠더들이 그동안 숨겨왔던 자신들의 성향을 드러내기 시작했고 또 2006년에 호적법 개정안이 통과되면서 남자에서 여자로 또 그 반대로 호적을 정정하는 사례가 날로 느는 추세이다.

대구에서부터 눈 속을 뚫고 첫차를 타고 상경했다는 K군의 어머니는 나를 붙잡고 그간의 사연을 하소연하기 시작했다. 감쪽같이 모르고 있었는데 장남인데다가 외아들인 K가 부모 허락도 없이 딸로 바뀌려 한다니 청천벽력이라는 것이었다. 아주머니의 눈에서 두 줄기 눈물이 흘러내렸다. 하나는 당신 서러움이겠지만 다른 하나는 아마도 내게 대한 원망이리라.

산부인과에서 트랜스젠더에게 하는 치료는 주로 호르몬제의 투여이다. 남자가 남자다울 수 있고, 여자가 여자답게 되는 것은 바로 에스트로젠이니 테스토스테론이니 하는 성호르몬의 작용이다. 그러므로 트랜스젠더가 되려면 자신의 타고난 성과 반대되는 호르몬제를 투여 받아야 한다. 일정 기간 호르몬 치료 후에 성전환수술을 받는데 수술을 한다 해도 호르몬이 자체적으로 생성되는 것이 아니므로 평생 호르몬 치료가 필요하다.

중학교 시절부터 자신을 남자가 아닌 여자로 여기게 되었다는 K군은 3개월 전부터 우리 병원에 찾아와 주 1회씩 호르몬주사를 맞아왔다.

하지만 환자가 원한다고 해서 무작정 호르몬제를 투여하는 것은 아니다. 우리나라는 남성에서 여성으로 변하려는 사람이 그 반대의 경우보다 훨씬 많은데 개중에는 군대에 가지 않으려는 얄팍한 속셈에서 한시적으로 시도하는 젊은이들도 더러 있기 때문에 반드시 그 동기를 알아내는 것이 중요하다. 그것은 정신과에서 담당하고 있다. 즉 성주체성 장애라는 진단을 받은 사람들에 한해서 호르몬제를 사용하는 것이다.

K군도 물론 정신과 진단서를 첨부해 왔었다. 어머니에게 그런 사정을 설명해드리자 내게 대한 노여움은 조금 가시는 듯했지만, 도저히 아들을 이해할 수 없는 것 같았다. 부족한 것 없는 집안에 태어나 여태 호강하며 살았는데 무엇 때문에 트랜스젠더라는 흉측한 길로 접어들었는지 받아들일 수 없다는 것이었다. 아직 남편은 이러한 사실을 모르고 있지만, 만일 아버지에게까지 알려진다면 날벼락이 떨어질 것이며 자신은 자식을 잘못 키운 죄까지 덤터기를 쓸 거라고 손수건으로 눈물을 꼭꼭 찍어 눌렀다. 원, 세상에 무슨 그런 병이 다 있어 멀쩡한 아들을 병신으로 만드느냐고 한탄과 원망을 반복했다.

의사로서, 같은 여자로서, 또 어머니로서 대체 내가 무슨 말을 해줄 수 있을까?

"아드님이 여자로 변해도 잘 살 것입니다. 성공 사례가 많으니까요." 그럴 수도 없고

"그러게요. 최선을 다해 말려보세요. 딸보다야 아들이 좋으시지요?" 그럴 수도 없으며

"집안 문제니 집에 가서 결론을 지으세요. 공연히 의사에게 와서

이러지 마시고요." 그렇게 박정한 말을 할 수도 없는 노릇이었다.

　이 곤란한 상황을 어떻게 모면하나 고민하던 중에 비뇨기과 전문의인 형부 생각이 났다. 종합병원의 과장인 형부에게도 이따금 트랜스젠더 환자들이 찾아온다고 했다. 그러나 형부는 절대로 그런 치료는 할 수 없다며 돌려보내 버린다고 했다. 만날 때마다 형부는 내게 주의를 시키셨다.

　"처제, 트랜스젠더들 오면 원하는 대로 해주지 마! 나중에 법적 문제가 생기면 의사만 곤란해져……."

　'그래 형부 말 좀 들을 걸…….'

　창밖을 내다보니 여전히 눈이 쏟아지고 하늘은 잿빛이었다. 간호사가 환자들이 밀렸다고 눈치를 주자 K군의 어머니는 비틀거리며 간신히 자리에서 일어나더니 내게 당부를 했다.

　"아이가 다시 오면 치료해주지 마세요."

　그러마 하고 약속은 했지만, 그는 결국 다른 병원에 가서 주사를 맞고 말 것이다. 트랜스젠더들의 집념과 의지는 그 무엇보다 강인하단 걸 잘 알기에.

　환자 중엔 K군처럼 유복한 가정을 가진 예보다는 하루 벌어 하루 먹고 살만큼 곤궁한 사람들이 더 많다. 또한, 성전환 수술비가 몇 천만원대에 이르기 때문에 그 돈을 모으기 위해 몸을 사리지 않고 몇 가지 직업을 뛰는 환자들을 자주 보았다. 주어진 육체의 성을 따라

안주한다면 편한 삶을 살 수 있을 텐데 정신적으로 느끼는 성으로
바꾸겠다고 기를 쓰면서 차갑고도 몰이해적인 사회의 눈초리를 견
디는 그들의 모습을 보면 나는 과연 인간을 어디까지 이해할 수 있
을지 궁금하다.

살려주세요

들킨 죄인, 숨긴 죄인

그녀는 오늘도 진료실에 들어서자마자 대뜸 노래부터 부르기 시작한다.

"캄캄한 길 다녔으나 어두움 떠나왔네."

가냘픈 몸매에 체구도 작건만 그녀의 음성은 자못 우렁차다.

퍽 오랜만이다. 오늘은 왜 왔을까? 예전에는 온 몸에 멍이 들어 찾아오기 일쑤였다. 남편이 폭력을 행사한다고 했다. 그 때문에 자궁출혈이 유발되어 여러 차례 치료를 받았다. 눈 주위가 팬더처럼 검게 멍이 들어도 그녀는 씩씩하게 노래 부르며 웃음 지어 보이곤 했었다.

그녀는 교도소에 선교활동을 다닌다고 했다. 어느 날 갑자기 방언의 은사가 내려 자신도 모르던 찬송가가 절로 나온다며 때론 내 진료실에서도 어느 나라 말인지 알 수 없는 노래를 부르기도 했다. 원주며 청송이며 강릉이며 광주며 전국 각지의 교도소를 찾아가 그녀가 노래를 부르기 시작하면 장내는 금방 울음바다가 된다는 것이었다.

"재소자라고 하면 나쁜 사람들일 것 같죠? 아니요. 사슴보다 선한 눈망울에 단지 죄를 들켜 수갑을 찬 것뿐이지요. 우리는 더한 죄도 숨기며 살지 않나요?"

그녀가 이런 말을 했을 때 나도 순간 찔리는 게 없는 건 아니었다. 이 세상에 죄짓지 않은 사람이 어디 있으랴…….

그런데 봉사 다니는 것을 무척 싫어하는 남편이 번번이 손찌검한다고 했다. 집안 살림이나 돌볼 것이지 선교가 웬 말이냐, 그것도 왜 하필이면 교도소냐고 트집을 잡는다는 것이었다.

그렇게 남편에게 얻어맞아 가면서도 봉사 활동에 집착하는 그녀를 이해하기 어려웠다. 나 같으면 당장 그만두었을 텐데…….

나보다 두 살 아래인 그녀는 아들 둘이 모두 군복무 중이라고 했다. 형편이 그리 넉넉지 않아 보여 진료비는 노래 값으로 때우자고 선심을 쓰곤 했었다. 그랬던 그녀가 3년 만에 모습을 나타낸 것이다.

예전에 비하면 오히려 더 젊어 보인다. 더는 얼굴에 멍 자국 따위는 없다. 노래를 부르는 음성이 전보다 훨씬 크면서도 자신감이 넘쳐흐른다.

그간 남편과의 이혼을 단행하고 정식 전도사가 되었단다. 인터넷에 자신의 이름을 쳐보라고 곁에서 자꾸 채근하기에 시키는 대로 하니 정말 그녀의 사진과 함께 대서특필 된 인터뷰 기사가 뜬다. 비록 까막눈이지만 재소자 마음만큼은 누구보다 잘 읽는다는 제목이 붙어 있다. 14살 때부터 남의집살이를 하다가 남편을 만났는데 그가 교통사고를 내어 구치소에 들어가는 바람에 옥바라지와 함께 선교 활동을 시작하게 되었단다. 학교는 근처에도 가보지 못하고 한글도 떼지 못했지만 20년 넘게 봉사를 하다가 드디어 전도사가 되었다는 내용이다.

오늘은 그녀가 아파서 병원을 찾은 것이 아니라 그간 진료비를 받지 않았던 내게 고마움을 전하러 온 것이란다. "할렐루야~"하며 찬송가를 크게 불러 준다. 내가 기독교인이 아닌 줄 알면서도 전도를 하지 않는 점이 우선 안심이다. 그리고 잊지 않고 감사를 전하는 그녀의 마음이 내게 예쁘게 다가온다. 요즘은 주로 소년원 아이들의 교정, 교화를 담당하고 있다면서 "재소자들은 첫 단추를 잘못 끼운 자녀예요. 색안경을 끼고 바라보지 말고 내 몸과 같이 사랑하며 더불어 살아가야 해요."라고 세상 모두의 어머니처럼 푸근한 말을 한다.

나는 진료실에만 앉아 있느라 구치소나 교도소 같은 곳엔 가본 적이 전혀 없다. 그런데 어쩐지 그곳이 친밀하게 생각된다. 그녀가 들려주는 그곳의 분위기나 풍경 등으로 미루어 절대로 무서운 곳 같지가 않다. 더러 사진도 찍어왔는데 재소자들이 모두 무릎을 꿇고 두 손 모아 기도하는 모습이 사뭇 경건하게 보였다.

　지난 설날에는 TV에서 〈하모니〉를 방영했다. 여자 구치소의 일상을 담아낸 한국영화였다. 수감자 대부분은 범죄를 저질렀다기보다는 환경에 의해 어쩔 수 없이 죄인이 된 경우로 진짜 가해자들은 모두 감방 밖에 있는 것 같았다. 수인들이 입을 모아 '찔레꽃' 노래를 부르는 장면은 참 눈물겨웠다. 그들도 나처럼 행복을 갈망하며 산다는 걸 새삼 느끼게 했다. 이런 영화도 그녀와의 교류가 없었더라면 그렇게 열중해서 보지는 않았을 것이다.

　이런저런 심정으로 그녀의 얼굴을 올려다보니 후광을 달고 온 천사처럼 빛이 난다. 부디 그녀가 전도사로서 더욱 큰 보람을 얻게 되길 바란다.

살려주세요

싱그러운 오월의 출근길, 바람을 타고 아카시아 향기가 물결친다. 이토록 아름다운 계절이건만 발걸음은 조금도 가볍지가 않다. 어제 걸려온 산모 보호자의 전화 때문이다. 우리 병원에서 정기적으로 산전 진찰을 받아왔는데 태아가 6개월 만에 뱃속에서 사망한 걸 미처 알아내지 못했냐고 보호자는 내게 거칠게 항의를 했다. 오늘 병원으로 찾아와서 나의 과실을 입증하고야 말겠단다. 정말 내 과실은 없었을까?

의사가 된 지도 30년 가까이 되건만 환자만 생각하면 늘 불안감이 엄습한다. 처음 취직했던 시절, 병원 문을 열고 들어설 때마다 얼마나 크게 심호흡을 하곤 했던가. 내가 수술한 환자들이 밤새 별탈은 없었을까? 하는 우려로…….

그때부터 생긴 불안감은 저 버드나무 솜털 씨앗처럼 언제나 내 주변을 떠돌고 있다.

　그러한 불안을 가중시키기라도 하듯 등 뒤에서 요란한 사이렌 소리가 울린다. 다급하게 달려오는 구급차에 그려진 로고가 문득 눈에 뜨인다. '의술의 신' 아스클레피오스의 지팡이다. 아스클레피오스가 누구이던가?

　그는 그리스의 태양신 아폴론과 테살리아의 아름다운 여인 코로니스 사이에서 생긴 아들이다. 즉 신과 인간 사이의 자식이라는 특이한 신분에다가 기구한 출생 내력을 가졌다. 어머니 코로니스가 불륜을 저질렀다는 누명을 쓰고 아폴론의 화살을 맞은 것이다. 장작더미 위에서 화형에 처해지려는 순간, 뒤늦게 자신의 아이를 가졌다는 말을 듣고 아폴론이 배를 갈라 꺼낸 아이가 바로 아스클레피오스이다. 말하자면 삶과 죽음 사이에서 태어났다는 의미를 지니고 있다.

　그는 현자 케이론에게서 의술을 배운다. 특히 뱀을 이용한 치료에 능해 지팡이에 감긴 뱀 그림으로 그를 상징하고 있다. 하지만 명의가 된 것이 죄였을까? 그의 죽음 또한 예사롭지 않았다.

　당시 그리스의 아름다운 청년 히폴리스는 뭇 여인들의 선망의 대상이었다. 그러나 그는 달의 여신 다이아나와 사랑에 빠져 다른 여인은 거들떠보질 않았다. 미의 여신 비너스도 히폴리스에게 마음을 주지만 거절을 당하자 앙심을 품게 된다. 비너스는 히폴리스의 계모가 의붓아들을 사랑하게끔 만들어 버린다. 아들 히폴리스에게 딴마음을 갖고 접근했으나 경멸을 당한 계모는 남편 테세우스에게 거짓 고자질을 한다. 테세우스는 히폴리스가 새엄마를 욕보이려 했다고 오해하고는 해신海神 포세이돈에게 아들을 혼내주라고 부탁한다. 포세이돈이 파도 속에 사나운 황소를 내보내자 이륜마차를 타고 해변을 달리던 히폴리스는 마차에서 떨어져 죽게 된다. 소식을 듣고 놀란 다이아나가 명의 아스클레피오스에게 달려간다. 제발 목숨만 살려달라고 애원하자 의사가 약초를 내어주어 그것으로 애인을 구한다.

하지만 이번엔 최고의 신 제우스가 진노한다. 유한한 목숨을 지닌 인간을 의사 멋대로 죽음의 문턱에서 구해낼 수는 없는 법이다. 제우스는 아스클레피오스를 지옥으로 밀어 넣는다. 이렇게 히폴리스의 생명을 구한 죄로 죽음을 맞은 의사가 아스클레피오스이다. 훗날 제우스는 이 일을 미안하게 생각하고 별자리에 아스클레피오스를 새겨주었다. 즉, 뱀주인자리Ophiuchus가 그것이다.

여신들의 사랑놀음에 희생양이 된 아스클레피오스의 일화는 질병을 구제하고 죽음과 싸우는 의사들에게 맥 빠지는 이야기가 아닐 수 없다. 신의 뜻대로 인간이 살고 죽는 것이라면, 신의 계획에 의해 병들고 아픈 것이라면 의사란 언제까지나 신의 반역자일 수밖에……

그래서일까? 직업별 평균수명을 살펴보니 유난히 의사의 수명이 짧게 기록되어 있다. 종교인이 80세인 것에 비하면 의사의 평균수명 61.7세란 숫자가 안쓰럽게 보인다.

환자가 의사에게 "살려주세요."라고 하듯이 의사는 신에게 매달려 환자를 멋대로 치료한 저를 "살려주세요."라고 기도해야만 할까? 치료를 잘못하면 환자와 보호자에게 혼날 터이고, 치료를 잘하면 신에게 혼나야 하는 게 의사의 영원한 운명이라니……

오늘따라 버드나무 솜털 씨앗이 유난히 뽀얗게 날아다닌다.

대신

해가 바뀌고 들려 온 첫 부음이었다.

수은주가 뚝 떨어진 일요일, 시동도 더디 걸리는 차에 올라 광명의 어느 장례식장을 더듬어 찾아갔다.

15년이라 했다. 그녀가 병상에 누워 있던 세월이.

대학 후배인 그녀는 나보다 세 살 아래였다. 내가 레지던트일 때 자신도 앞으로 산부인과를 지원할 거라며 눈망울을 반짝이던 학생이었다. 분만실에서 실습할 때에 솔선하여 산모들의 이마에 맺힌 땀을 닦아주어 우리의 눈길을 끌기도 했다.

마침내 그녀는 산부인과 전문의가 되었고 대학병원에 자리를 얻었다. 분만이 많은 병원이라서 날마다 과중한 업무를 감당하다가 하루는 그녀가 집도한 제왕절개수술로 태어난 신생아가 사망하는 사고를 당했다. 그 보호자에게 호되게 시달리고 돌아온 다음 날 그녀는 집에서 쓰러지고 말았다. 병원에 옮겼을 때는 이미 모든 것이 늦었다. '모야모야moyamoya병'에 의한 뇌동맥 출혈이었다니…….

모야모야란 일본어로 아지랑이나 담배 연기가 피어오르는 모습을 뜻한다. 우리말로 치자면 모락모락에 해당할 것이다. 이 병은 이유없이 뇌동맥의 협착이 진행되어 생긴다. 혈관이 점점 좁아지다가 결국 막히는데 그동안 뇌에 일정한 양의 피가 공급되기 위해서 새로운 혈관들이 계속 만들어진다. 이 새로운 혈관은 머리카락처럼 가늘면서 무수히 숫자가 많아 뇌혈관 촬영을 해보면 조영제가 마치 솜사탕처럼 퍼져 나가는 모습을 보인다. 이것을 보고 일본사람들이 모야모야병이라고 이름 붙였다. 이렇게 기형적인 혈관들은 파열될 위험성이 매우 높은데, 이 병의 원인은 아직 밝혀지지 않았고 일본에 특히 많으며 중국, 한국 등 동양인에게 잘 생긴다.

뇌출혈 후 그녀가 병원에 실려 갔을 땐 저산소증으로 인한 뇌손상이 커서 혼수상태가 되었다. 전문의 자격증을 따기까지 홀로 오랜 세월 뒷바라지했던 그녀의 어머니는 딸의 병마 앞에서 억장이 무너졌지만 강인한 분이었다. 산재보험의 혜택을 받을 수 있도록 애를 썼고 반드시 그녀가 일어날 것이란 희망의 끈을 놓지 않았다.

한번은 텔레비전을 보다가 그녀의 사연이 나와 놀란 적이 있었다. 어머니가 출연하여 딸의 기막힌 투병생활을 알리고 쾌유를 기도해 달라는 간절한 당부를 하였다. 그녀의 대학동기들은 이따금 문병을 가고 모금 운동을 통해 후원도 했다지만 나만 해도 한 치 걸러 두 치라는 말대로 관심을 표현하지 못했던 게 사실이다.

어머니의 지극정성으로 그녀가 더러 의식을 회복한 시간도 있었지만 이번에 또 다른 쪽 혈관이 파열되면서 15년간의 병상생활을 마감하고 하늘나라로 떠났다.

유난히 썰렁한 영안실 한쪽에서 그녀의 어머니가 지팡이에 의지한 채 느릿느릿 걸음을 옮기는 모습이 눈에 띄었다. 예전에는 교단에서 아이들을 가르쳤다는 그분은 허공에 시선을 두고 아무것도 바라보지 않는 듯했다. 오랜 세월 딸을 간병한 수고 끝에 이제는 남은 게 하나도 없어 보였다.

영정 속의 그녀는 하냥 젊었다. 아마도 쓰러지기 전의 모습이리라. 사진 속 그녀의 단정한 모습 앞에 흰 국화 한 송이 올리고 향불도 켰다. 부디 좋은 곳으로 가란 인사를 전하며 나는 이런 생각을 했다. 왜일까? 왜 하필 이런 병이 그녀에게 생겼을까?

그건 혹시 누군가 걸려야 했던 병을 그녀가 대표로 안고 간 것은 아닐까? 모야모야병은 희귀해서 우리나라는 새로운 환자의 발생이 연간 100례에 불과하다고 한다. 아무리 드물어도 누군가는 걸려야 한다면 그 병에 걸린 사람은 분명 그 누구를 대신해 걸린 것이리라.

언젠가 읽었던 독일 작곡가 펠릭스 멘델스존의 할아버지 모제스 멘델스존 이야기가 생각이 났다. 그는 선천성 장애인이라서 곱사등이의 모습으로 태어났다. 젊은 시절 어떤 어여쁜 아가씨를 보고 한눈에 반해 청혼했지만, 여자는 불구의 남자를 거들떠보려고도 하지 않았다. 그때 모제스는 이런 말을 했다.

"본래는 당신이 곱사등이로 태어날 운명이었던 것을 내가 신에게 간절히 기도하여 대신 질병을 떠안은 것입니다……."

그 말에 감동한 아가씨는 청혼을 수락하게 되었고 훗날 행복한 가정을 이루었다는 내용이었다.

세상엔 숱하게 많은 질병과 사고와 불행한 일이 난무하고 있지만 내게 생기지 않았다면 확률적으로 그건 누군가 대신 아파 주고, 대신 겪어주는 것일 게다.

쓸쓸한 후배의 장례식장을 떠나오는 길에 생각한 바가 있었다. 나야말로 그녀를 대신하여 두 몫의 일을 하는 의사가 되어 보자고. 못다한 그녀의 꿈을 이뤄주자고.

나는 너를 알고 있다

진료실에서 여러 가지 질문을 받지만, 대답을 선뜻 하지 못하는 경우는 "왜 그런 건가요?" 하고 다짜고짜 병의 원인을 묻는 환자를 만났을 때이다.

아무리 의사라고 해도 내가 어찌 모든 걸 다 알겠는가?

예를 들어 여성 가려움증의 주류를 이루는 '곰팡이성 질염'만 해도 몸속에 캔디다 균이 침범해서 걸린다는 것은 알지만 왜 그랬는지야 어찌 내가 알 것인가.

그런데도 마치 내가 병을 심어주기나 한 것처럼 팔짱을 낀 채로 눈을 동그랗게 뜨고 "왜 가려운 건데요?"라고 따지는 환자들을 자주 만난다. 주머니에 손을 넣은 채 대답을 하거나 다리를 꼬고 앉아 흔드는 사람, 때마침 걸려온 전화에 고래고래 소리를 지르며 통화를 하는 사람들을 진료실에서 보는 것은 어려운 일이 아니다. 내게 치료자로서의 권위가 없어서 그러려니 이해하면서 한편 그런 사람일수록 자신감이 없어서 방어적으로 불량한 태도를 보이는 것이 아닐까 추측을 해 본다.

'왜 그런 건지'에 대해서라면 비단 질병뿐 아니라 세상만사를 명쾌하게 설명하기가 쉽지 않을 것이다. 왜 내가 사랑에 빠지는 건지? 왜 로또에 당첨되는 건지? 그 이유를 누가 알 수 있겠는가 말이다. 하지만 이렇듯 불손하게 느껴지는 환자의 질문 앞에서 그나마 내 불편한 심기를 누르고 해 줄 수 있는 답이 하나 있다.

"몹시 피곤하셨나 봐요."

그런데 참 이상하게도 이 말이 적용되지 않는 사람은 단 한 명도 없다. 그 순간부터 환자들은 긴장을 풀고 의사에 대한 경계를 벗어 버리면서 금방 속내를 말하기 시작한다. 사연을 들어보면 부동산 계약이 잘못되었다던가, 주식에 투자한 돈이 거덜 났다거나, 혹은 애인이 변심해서, 또는 자녀가 속을 썩여서 등등 상처받고 잠 못 이루고 피곤한 이유가 각인각색이다.

이 한마디에 눈을 '홉' 치켜뜨고 따져 묻던 환자는 팔짱을 풀고 공손해지고 나는 환자의 피곤함을 간파한 명의로 부상하게 된다.

그럴 땐 호머의 『오디세이아』 12장에 나오는 세이렌 이야기가 생각난다.

트로이 전쟁을 마치고 고향으로 돌아가려던 오디세우스는 포세이돈의 방해로 10년간에 걸친 모험을 한다. 그중에서 세이렌 종족들이 노래를 부르는 섬을 거쳐야 했는데 그 노래가 어찌나 아름다운지 사람들은 곧장 바다로 뛰어든다는 것이다. 물론 꾀바른 오디세우스는 밀랍으로 선원들의 귀를 막고 스스로는 돛대에 몸을 묶어 노래에 홀리지 않도록 조처를 하여 무사히 항해를 계속한다. 도대체 세이렌은 무슨 노래를 불렀을까?

음악의 아름다움이야말로 나도 남들 못지않게 잘 안다고 자부하며 살았다. 브람스의 첼로 소나타를 들을 때마다 내 가슴이 에이지 않도록 얼마나 세차게 가슴을 부여잡아야 했는지, 브르흐의 흐느끼는 바이올린 선율 앞에서 얼마나 큰 눈물방울을 떨구었는지, 바흐가 전해준 숭고함 때문에 나는 또 자신을 얼마나 부끄러워했는지. 하지만 그 모두가 진정 목숨을 버릴 정도는 아니었다. 그렇다면 세이렌은 어떻게 노래로써 남의 생사를 좌우할만한 능력을 가진 것일까?

세이렌은 이렇게 노래했다.

"여기요, 자 이쪽으로 오십시오, 아카이아 인의 위대한 영광, 오디세우스여! 배를 대고 우리의 노래에 귀를 기울이소서. 아무도 우리 입에서 흘러나오는 황홀한 노랫소리를 듣지 않고는 검은 배를 타고 이곳을 지나갈 수 없었습니다. 노래를 들으며 가시는 길은 기쁨이요, 또한 많은 지식을 얻을 것입니다. 우리는 신들이 고의로 알지브군과 트로이군이 겪게 한 고통, 그 모든 것을 알고 있기 때문이라오. 우리는 광대한 지상에서 벌어지고 있는 일들을 모두 알고 있다니까요."

이것이다. 세이렌의 유혹은 바로 '내가 너를 모두 알고 있다'는 것.

그동안 얼마나 지난한 삶을 보냈는지 헤아려주는 세이렌의 노랫소리에 듣는 이는 숨줄을 놓고 빨려 들어갔던 것이다.

돌이켜보면 나야말로 그랬다. 누군가 내 두 손을 잡고 따뜻하게 위로해줄 때 숨겨진 설움들이 북받치곤 하지 않았던가? 네 삶이 버거웠을 거라고, 많이 어려웠을 거라고, 얼마나 힘들었냐고, 알아주는 이 앞에서…….

내게 옷을 벗어 진찰을 청하는 환자들이야말로 의사라면 모든 것을 알 것이라 믿고 의지하는 것이리라. 정녕 왜 그런 것인지 병의 원인을 속 시원하게 알려 줄 능력은 없더라도 언제나 환자의 아픔을 헤아려보는 노력만큼은 등한히 하지 말아야겠다.

술이 석 잔 뺨이 세 대

월요일 아침, 첫 진료 환자로 한주의 운세를 가늠하게 된다. 금주엔 단발머리의 예쁘장한 아가씨가 처음으로 진료실에 들어섰다.

샛별같이 초롱초롱한 얼굴의 그녀는 밤새 하늘이 무너지기라도 한 양 수심을 가득 담고 있었다. 찌푸린 양미간의 걱정 보따리가 곧 터질 것만 같았다. 유방에서 뭔가 만져진다. 엊저녁 목욕 중에 알게 되었다며 울먹였다.

진료과목들이 점점 전문화되어가면서 산부인과에서 유방을 멀리 한 지 오래다. 유방암 발생률이 점점 높아지지만 진단은 상당히 어려운 마당에 어설프게 진찰하다가 초기 암을 놓치면 큰 낭패라고 되도록 유방 진찰은 피하라는 것이 선배들의 조언이었다.

하지만 이토록 시름 가득한 환자를 내몰 수는 없는 노릇이었다. 진찰대에 눕혀놓고 촉진을 해보니 그녀의 왼쪽 유방에서 만져지는 알맹이는 통통한 땅콩 알 크기였다. 자유롭게 움직이는 것으로 미루어 악성은 아닐 성싶지만 수술이 불가피해 보였다. 젊은 여성에게 많은 섬유성 낭종으로 짐작되었다. 차분하게 양성 종양이라고 설명해 주어도 그녀의 불안한 기색은 가시질 않았다.

"어떡하면 좋아요?" 다그치듯 묻기에 인근 외과를 떠올렸다. 한시 바삐 그녀의 근심을 덜어주고 싶은데 종합병원에 간다면 예약에다 뭐다 또 여러 날을 기다려야 할 것이다. 마침 우리 병원에서 세 블록 떨어진 곳에 유방 전문 클리닉이 있었다. 원장님을 만난 적은 없어도 환자를 의뢰하면 득달같이 팩스로 결과를 알려주어 고맙게 생각하던 병원이었다. 서둘러 의뢰서를 작성하여 환자를 보냈다.

오래지 않아 그녀에게서 전화가 걸려왔다. 알려 준 곳에 가 봤으나 병원이 없다는 것이었다. 불과 두 달 전에 그곳에서 유방암을 진단해 준 환자가 있었는데 나야말로 귀신에 홀린 것만 같았다. 얼른 확인하고 알려주겠노라 답하자마자 그녀의 낭랑한 음성이 내 귀를 때렸다.

"선생님 때문에 불필요하게 시간과 돈을 다 없앴으니 택시비를 물어주세요."

결국, 그녀는 우리에게서 얼마간의 돈을 받아갔다. 그녀가 우리에게 카드로 결제한 진료비의 3배쯤 해당하는 액수를 현금으로 가져간 것이다.

내겐 막내딸보다도 어린 아가씨가 이렇게까지 당차게 구는 것이

서운했지만 내심 부끄럽고도 미안했다. 그만큼 의사의 말 한마디가 중요한 것일 테지. 중신을 어찌했는가에 따라 술을 석 잔 얻어먹거나 뺨을 세 대 얻어맞는다는 옛말을 생각해봐도 소개의 책임이란 막중한 것 같다.

　나중에야 그 유방암 클리닉이 지방으로 이전했다는 사실을 알아냈다. 말도 없이 사라진 병원 덕에 한 주일을 쓸쓸하게 시작한 것이 억울했지만 나는 이내 마음을 고쳐먹었다. 돌아다보면 내게 분에 넘치는 감사를 표현한 환자들, 해 준 것도 없는데 선물을 안겨 준 환자들이 훨씬 더 많았으니까…….

지금은 예방시대

이화대학병원에서 3년간 수련의 과정을 밟는 동안 가장 기억에 남는 환자를 꼽으라고 하면 단연 그녀일 것이다. 흑단처럼 까만 생머리를 동여매고 그보다 더욱 검은 두 눈동자가 끝도 없이 깊어 보였던 그녀는 스물다섯 살이었다.

둘째 아이를 출산하러 왔을 때 자궁 경부에 어른주먹만 한 암 덩어리가 매달려 있었다. 제왕절개를 통해 무사히 아이는 꺼냈지만 이미 골반 내에 퍼져 있던 암세포들은 손댈 도리가 없었다. 방사선 치료와 항암제 투여를 받기 위해 입원과 퇴원을 반복하던 그녀는 차트가 백과사전처럼 두꺼워졌고 의료진과의 관계도 그만큼 두터워져 갔다. 조용하고 내성적인 그녀는 회진 때마다 실낱같은 미소를 띠울 뿐 모든 걸 체념한 표정을 지었다.

25년 전, 당시엔 말기 자궁경부암의 완치율이 거의 제로에 가까웠다. 전문의 시험을 앞두고 경황이 없던 어느 겨울날 아침에 나는 하얀 시트를 덮어쓴 채 영안실로 향하는 그녀의 침상과 마주쳤다. 3년간 입원해 있었지만 처음 모습을 보여 준 노동자 행색의 남편과 영문 모른 채 할머니 손에 이끌려 뒤따르던 어린 두 아들의 모습이 지금도 뇌리에 선연하다.

흔히 자궁암이라 줄여 부르는 이 자궁경부암은 여성에게 생기는 대표적인 암이다. 요즘은 유방암과 갑상샘암, 위암에 밀려 4위를 차지하지만, 그때엔 우리나라 여성 사망 원인의 선두주자였다.

그런데 그녀를 유난히 암울하고 불행하게 기억하는 건 암 덩어리가 뿜어내던 악취 때문이다. 그녀의 병실 문을 열 때마다 우리는 되도록 숨을 쉬지 않으려고 모종의 노력을 하곤 했다. 비단 자궁암뿐만 아니라 각종 암은 저마다 독특한 냄새를 갖고 있다.

내가 아는 어떤 분이 참 특이하게도 향기로운 모과가 너무 싫다 하기에 그 연유를 물어보니 가슴 아픈 이야기를 들려주었다. 존경하는 은사님이 느닷없이 폐암으로 돌아가셨는데 모과 탓이라는 것이다. 그 교수님 곁에선 항상 곤곤한 향내가 났는데 그분은 연구실이고 자동차 안이고 모과를 언제나 비치해 두셨으므로 그것이 모과 향인 줄로만 알았단다. 자신이 정원에서 나무를 손수 키운다며 평소 모과에 대한 애정이 남달랐다는 것이다. 나중에 돌이켜 생각해보니 그것은 바로 폐암의 냄새였다며 모과만 없었더라면 암의 조기진단이 가능했을 거라고 모과를 원망했다. 하지만 그런 열매의 향기와는 비교가 안 될 정도로 자궁경부암은 생선 썩는 고약한 냄새를 피운다.

의학의 발달에 따라 마침내 자궁경부암도 예방 백신이 개발되었다. 벌써 3년 전부터 우리나라에 보급된 이 백신은 암을 유발하는 인유두종 바이러스(HPV)에 대한 면역성을 심어주는 것이다. 자궁경부암의 원인이 성접촉으로 전염되는 바이러스란 사실이 밝혀진 이후 암 퇴치의 지름길이 열린 셈이다. 되도록 성관계를 갖기 전에 맞는 게 효과적이므로 9세부터 접종을 시작하고 6개월 동안에 세 차례 투여받으면 된다. 팔뚝에 놔주는 간단한 주사만으로 가혹한 질병을 예방할 수 있다는데 왜 맞지 않겠는가?

무거운 숨결

정말이지 나는 인형이 걸어 들어오는 줄만 알았다.

믿기지 않을 정도로 아리따운 그녀의 모습은 얼마 전에 읽은 단편소설 「가벼운 숨결」을 떠올리게 했다. 러시아 작가 이반 부닌이 쓴 이 작품에는 아름다운 여인을 설명하는 11가지의 조건이 나온다.

'끓는 타르처럼 까만 눈, 밤처럼 검은 속눈썹, 부드럽게 홍조를 띤 볼, 가는 허리, 평균보다 긴 팔, 작은 발, 적당히 큰 가슴, 적절한 종아리 곡선, 조개 색 무릎, 비스듬한 어깨선.'

그녀는 이 모든 조건에 모두 들어맞아 보였다.

단지 '가벼운 숨결'만이 해당하지 않았다. 얼굴에 잔뜩 불만을 담은 중년 여인에게 끌려오다시피 진료실에 들어선 그녀는 가볍기는 커녕 긴장한 나머지 불규칙한 숨을 쉬고 있었다.

투명한 피부가 외국인임을 말해주었지만 흡사 하늘나라에서 내려

온 것만 같았다. 도무지 환자에게서 눈을 떼지 못하는 내게 함께 온 부인이 설명을 시작했다.

키르키즈스탄 태생의 그녀는 국제결혼소개소를 통해 소개받았단다. 몇 개월 전에 아들과 혼인을 시켰지만, 도무지 말이 통하지 않고 온종일 방에만 틀어박혀 있어 답답하기 짝이 없다고 했다. 빨리 아이나 낳아 주었으면 좋겠는데 3개월이 넘도록 소식이 없을 뿐 아니라, 자꾸 부부관계를 피하려고만 하니 산부인과적으로 이상이 있는 게 아닐까 의심이 되어 데리고 왔다는 것이었다.

"즈뜨라스뜨뷔이쩨!"

나는 유일하게 아는 러시아어로 인사를 건네 보았다. 그러나 내 발음이 신통치 않아서인지 그녀는 멀뚱멀뚱 쳐다보기만 했다. 나는 거의 원시인처럼 손짓 발짓을 동원해 그녀를 진찰대 위에 눕혔다. 내진을 하고 초음파 검사도 했지만 아이를 갖는 데의 문제점은 발견하지 못했다. 단지 잦은 잠자리 때문인지 하얀 피부가 빨갛게 부어 아파 보였다.

그녀와 대화를 나누고 싶어 1339에 전화를 해보았다. 요즘은 1339만 누르면 외국인 환자를 통역해주는 서비스가 제공되고 있다. 그러나 안타깝게도 영어, 중국어, 일본어만 취급한다고 했다. 하는 수 없이 그녀의 흰 손을 잡고 눈빛으로만 전했다. 모든 것이 정상이라고, 걱정하지 말고 기운을 내보라고…….

그녀는 무거운 한숨을 쉬는 것으로 대답을 대신했다.

아무 이상이 없다고 해도 그녀의 시어머니는 쉬지 않고 하소연을 늘어놓았다.

결혼소개비가 얼마나 많이 들었는지 모른다. 머리가 좋았던 아들이 열 살 때 열병을 앓은 후유증으로 정신지체자가 되지 않았더라면 자신도 외국인 며느리를 얻지는 않았을 것이다. 전형적인 모계사회인 키르키즈스탄의 여자는 절대로 아이를 버리고 떠나지 않는다고 해서 최우선적으로 선택했는데 말이 통하지 않으니 죽을 지경이라는 이야기였다. 바라볼수록 더욱 어여쁜 그녀가 점점 더 측은해졌다.

소설 「가벼운 숨결」의 주인공은 17세짜리 소녀이지만 그녀의 자태는 일찍이 인간의 언어로는 형언된 적이 없었을 만큼 매혹적이었다고 했다. 결국, 소녀는 미모 때문에 총을 맞아 죽게 되므로 아름다운 것은 두려운 것인지 모르겠다.

그들 고부가 진료실을 나간 후에 나 또한 무거운 한숨을 내쉬었다.

잃어버린 노래

창살에 쏟아지는 햇살은 분주히도 반짝이는데 나는 왜 이리 무료할까? 날이 더워 환자가 뜸한 건 그렇다손 치더라도 요즘 들어 부쩍 방문객이 줄었단 데에 생각이 미쳤다.

방문객이라 하면 영업사원을 뜻한다. 의료장비나 약품 등을 소개하고 판매를 촉진하는 사람들이다. 그중에서 제약회사 직원이 단연 많다. 예전에는 하루에 한두 명씩은 다녀갔으니까 일주일이면 적어도 열 명 남짓한 영업사원을 만나곤 했다. 더러 여자 사원도 있지만, 대개는 젊고 패기 넘치는 말쑥한 차림의 청년들이다. 개중에는 사회성이 뛰어나고 넉살이 좋아 우렁찬 목소리로 조리 있게 말하는 사람도 있고, 병원이 두려운 건지 의사가 무서운 건지 쭈뼛거리며 혼잣말을 하다가는 이들도 있다.

개원 초에는 이들을 만나는 시간이 아깝게만 여겨졌다. 의사란 에너지를 아껴 환자만 상담해야 하는 것으로 판단하고 더러 바쁘다는 핑계로 돌려보내기도 했다. 하지만 시간이 지나면서 그게 아니란 걸 알았다. 약품에 대한 새로운 정보를 많이 알려줄뿐더러 의료계 돌아가는 소식을 가장 잘 전달해주었기 때문이다. 최근에는 되도록 헛걸음하는 이가 없도록 두루두루 만나는데 젊은이들에게 받는 기운이 좋았다고나 할까? 이들은 이따금 볼펜이나 달력, 손거울, 만보기 따위의 판촉물을 갖다 주었지만, 그것들은 있어도 그만 없어도 그만인 정도이지 결코 요긴한 물건이 아니라는 공통점을 가졌다.

하루는 체격이 좋고 활달한 청년이 찾아왔다. 이런저런 이야기를 나누다 자신이 대학 가요제에 참가했다는 경력을 말하더니 청하기도 전에 목청을 가다듬어 멋진 발라드를 한 곡 뽑았다.

"날 모두 다 주고 싶어, 널 위해서라면. 오직 나만이 네 가슴에 숨 쉴 수 있게……."로 시작하는 조장혁의 〈러브〉였다. 아무리 노래를 잘하는 사람이라 해도 초면에 반주도 없이 가사를 외워 즉석에서 부르기란 쉽지 않았을 것이다. 열창을 마친 그의 콧등에는 땀방울이 송송 맺혔다. 뜬금없이 진료실 안에서 노랫소리가 흘러나오자 간호사와 환자들이 문 앞을 기웃거리다 노래가 끝나자 큰 박수로 환호했다. 그만큼 잘 부르는 노래였다.

진료실에는 늘 통증이나, 치료, 질병 등의 건조한 낱말들만 맴돌기 마련인데 모처럼 이곳에 가요가 흐르니 그 느낌이 색달랐다. 파격이라고 할까?

영업생활 3년 만에 진료실에서 노래를 부르기는 처음이라던 그도 그날 이후로 병원에 올 때마다 노래를 한 곡씩 불러주기로 약속을 했다. 특별히 나를 위해 새로운 레퍼토리를 연습해 온다는 그 젊은 이는 한 번도 실망시킨 적이 없었다. 혹시 그렇다고 해서 약을 많이 팔아주었느냐고? 아니다. 나는 그의 노래를 값으로 매기거나 대가를 지불하고 싶지 않았고 그도 아무런 요구를 하지 않았다. 하지만 그 청년이 나중에 결혼해서 아내를 내게 진찰받도록 데려온 것으로 미루어 우리 사이에 돈독한 신뢰가 쌓였던 게 사실인 것 같다.

그밖에 잊지 못할 기억 중의 하나는 어느 신입 사원이 내 생일에 보내 준 카드였다. 거기엔 축하 메시지와 함께 나희덕 시인의 「찬비 내리고」가 적혀 있었다.

> 우리가 후끈 피워냈던 꽃송이들이
> 어젯밤 찬비에 아프다 아프다 아프다 합니다
> 그러나 당신이 힘드실까 봐
> 저는 아프지도 못합니다
>   ……

당시는 내가 글쓰기에 관심이 있던 때가 아니라 그때까지 한 번도 읽어보지 못했던 시였다. 그 신선한 충격을 뭐라고 해야 할까?

이후에도 그 총각은 "연탄재 함부로 발로 차지 마라. 너는 누구에게 한 번이라도 뜨거운 사람이었느냐?" 하는 안도현의 「너에게 묻는다」를 읊어주기도 했다.

아, 그러나 이제는 노래를 불러주는 제약회사 영업사원도 시를 외워주는 사원도 다 없어지고 진료실은 나날이 썰렁해지고 있다. 왜 이리되었을까?

지난해부터였다. 우리나라 약값에 거품이 많다며 그 주범으로 제약회사의 리베이트 관행이 지목되었다. 병원과 제약회사 간에 모종의 검은 거래가 있다는 것이다. '쌍벌죄' 라는 흉한 이름의 죄목을 들먹이며 주는 회사와 받는 병원을 함께 처벌한다고 경고했다. 그러자 의사도 영업사원도 오얏나무 아래에서 갓끈을 고쳐 매지 않으려는 차원에서 아예 서로 만나지 않으려 하게 되었다. 리베이트 없는 투명한 사회가 되기 위해 꼭 필요한 과정이겠지만 그 와중에 정겨운 풍속도 끈끈한 정도 잃어버리고 말았다. 앞으론 내게 노래를 불러주거나 시를 읊어 줄 영업사원은 없을 것이다. 이 세상에 아름다운 것은 오래가기가 참 어려운가 보다.

Part 4

위로

햇빛 마시기

　병원을 다시 차리면서 진료실을 남쪽에 둔 것은 그 무엇보다 잘한 일이다. 태양이 유리창 너머로 사시사철 나를 찾아와 실내를 환하게 한다. 창가에 늘어놓은 난초들도 나만큼 행복하리라. 백화점처럼 온통 밀폐된 환경에 비하면 햇볕을 쬐며 일하는 것이 얼마나 큰 축복인지 모른다.

　게다가 창밖에는 볼거리도 많다. 전신주 사이로 맵시를 뽐내는 까치들, 변신의 귀재인 뭉게구름, 산들바람이 허공에 남기고 간 자국들 그리고 햇빛 줄기까지……. 빛의 미덕은 자신을 비추는 것에 보태어 남을 밝힌다는 것이라니 더 적극적으로 다가가기를 시도한다. 그것이 바로 '햇빛 마시기'이다.

　투명하고도 키가 큰 유리잔 하나를 장만해 온종일 창가에 세워둔다. 햇빛을 담는 것이다. 빈 잔 속엔 그날의 날씨만큼 햇빛이 차오른다. 궂은 날엔 찌뿌둥한 해님이, 화창한 날엔 컵이 터져나가리만큼 밝은 기운이.

잔이 차면 햇빛을 마신다. 세례받는 신자처럼 거룩한 심정이 되어 천천히 그리고 온몸으로 잔을 들이켜 본다. 날마다 같은 잔으로 마시지만, 맛은 왜 그리 다른지 모르겠다. 기분이 좋은 날의 햇빛 맛은 달콤하고 매혹적이지만, 화나고 찌푸린 날엔 황사를 마신 듯이 텁텁하고 우중충하다. 처음엔 빈 잔을 마시는 스스로의 모습이 민망해서 어떤 표정을 지어야 할지 몰라 했던 것도 사실이다. 날마다 반복하면서 햇빛 음미 시간은 점차 다채로운 표정을 갖게 되었다. 햇빛을 맛본다는 건, 온몸을 햇빛으로 가득 채운다는 건 경건하고도 신성한 의식임이 틀림없다.

이따금 다른 이들에게 잔을 권하면 그 속이 비어 있음에 당혹해한다. 그러나 햇빛이 차있다는 설명을 하면 누구나 기꺼이 맛있게 잔을 비운다. 그래서 세상엔 햇빛을 싫어하는 사람은 아무도 없다는 걸 알게 되었다. 혹자는 의사인 내가 권하니 각별히 건강에 좋을 거라고 어떤 의미를 부여한다. 물론 햇볕이 비타민 D를 합성시켜서 구루병 예방을 한다는 건 잘 알려졌다. 하지만 내가 햇빛을 마시기 시작한 연유는 그런 의학적인 차원이 아니다.

처음 착안을 한 건 2008년도 노벨문학상 수상작가인 르 끌레지오의 「뢸라비Lullaby」를 읽고 나서부터였다. 뢸라비란 자장가란 뜻으로 어떤 여고생의 이름이다. 그녀는 테헤란의 바닷가에서 머리를 젖히고 이마와 눈꺼풀로 햇빛의 열기를 느끼는 동작을 취하며 그것을 '햇빛 마시기'라고 불렀다. 며칠씩 무단결석을 하고 자유로움을 구가하는 그 소녀가 몹시 부러워 나도 따라 하기로 했다. 다만, 내 사는 곳이 바닷가가 아닌 회색 도심이므로 햇빛을 따로 모아 마셔야만 했던 것이다. 어쩌면 내가 특별히 좋아하는 '위로'란 단어가 영어로 'consolation'인 것이 '태양을solar 가지고con'란 의미일지도 모른다는 생각이 들었다. 햇빛을 마시는 동작이 유난히 위로를 안겨주므로…….

태양에 대해 관심을 갖게 된 것은 『에로티즘』의 저자 조르주 바타이유를 알고 나서부터였다. 그에 의하면 지구는 대가 없이 무한히 주어지는 태양열 때문에 에너지 과잉에 시달렸고, 그 과잉을 지혜롭게 소비하지 못할 때마다 인류 역사에 불가피한 전쟁이 발발했다는 것이다. 그는 자본주의의 목표인 생산과 축적보다 한결 중요한 것이 적절한 소비란 점을 역설한 학자로서 사치, 축제, 섹스, 도박, 술, 희생제의human sacrifice 등 남들이 저주의 영역으로 여겼던 분야를 조명한 것으로 유명하다.

그런데 남아도는 것은 비단 태양에너지만은 아니다. 중년이 되고 자녀교육을 다 마친 후에 시간과 정신의 여유가 생기면서부터 주체 못할 만큼 넘치는 나의 열정은 어떠한가? 나의 욕망은 어떠한가? 굳이 '인간은 욕망하는 기계'라는 질 들뢰즈의 말을 인용하지 않아도 하나의 결핍을 채우면 또 다른 결핍이 나타나 인간은 끝내 만족할 수 없는 게 아닐까? 나는 언제나 남의 시선을 내게 집중시키려 하고, 더욱 인정받고 싶고, 더 많은 걸 소유하려 하며, 남을 좌지우지하는 사람이 되고 싶어 한다. 그런 나의 욕망은 남아도는 잉여일 뿐 아니라 살아 있는 한 절대로 해결되지 않을 것임을 안다. 버리라고 비우라고 하는 말은 익히 들었어도 그 구체적인 방법을 나는 모른다. 욕망을 채울 수 있다는 희망은 허구이고, 비울 수 있다는 믿음은 오만일 것이다.

오늘도 한잔의 햇빛을 들이켜면 나의 몸 구석구석 세포는 태양빛과 열기로 포화한다. 남아도는 태양 에너지로 넘치는 나의 열망들을 상쇄시키는 것이다. 이렇게 태양이 날마다 위로하는 한 나는 부족함을 느끼지 않으리라……

석모도 낙조

배를 타고 보니 흡사 꽁치 통조림이 된 기분이다. 석모도에 가려면 몇 년 전엔 승객과 차가 따로따로 승선했는데 이젠 차 속에 가만히 앉은 채로 배에 실린다. 그리고 보니 전보다 배가 상당히 커졌다. 바다는 힘이 세어졌나 보다. 승용차가 가득 찬 육중한 배를 너끈히 감당할 만큼 바다는 튼튼해졌나 보다.

차창 밖의 갈매기 한 마리와 눈이 마주친다. 뱃고물을 열심히 따라오지만, 통조림 깡통 안에 들어앉아서는 그전처럼 새우깡을 던져 줄 수가 없다. 행여 갈매기에게 실망감을 준 게 아닐까 미안하다.

배는 화살같이 바다를 미끄러져도 속도는 느껴지지 않는다. 내가 가는 게 아니라 바다가 흐르는 것 같다. 맨 처음 기차를 탔던 땅꼬마 시절에도 이런 느낌이었지. 나는 머문 채 풍경이 뒤를 향해 휙휙 내달리는 듯한…….

강화도 외포리에서 출발한 페리호는 10분쯤 지나 석모도에 닿는다. 우리 식구들은 펜션을 구하러 다니다 '낙조가 아름다운 집'이란 팻말에 이끌려 여장을 푼다.

수영복으로 갈아입기가 무섭게 바닷가로 달려나간다. 민머루 해수욕장에선 갯벌체험이 한창이다. 대지가 숨 쉬는 걸 느끼기 가장 좋은 곳이 갯벌이라고 했던가! 어머니의 품처럼 푹신푹신한 이곳엔 생명력이 넘쳐나고 있다. 미세입자의 갯벌은 강한 응집력을 가지고 세상 그 무엇도 흡수할 것만 같다. 숭숭 뚫린 게구멍을 따라 진득진득한 진흙 위를 걷다 보니 가슴도 함께 일렁거린다. 여덟 살쯤 되었을까? 한 남자아이가 꼼지락거리는 흰발농게를 잡아와 내게 소리친다.

"아줌마, 갓 잡은 게예요."

꼬마의 경이로움은 어른에게도 쉽게 전파된다.

'그래, 세상은 놀랄 일 천지란다.'

나 또한 아이처럼 웃음 지으며 녀석의 머리를 쓰다듬는다.

오후 4시, 달님이 한껏 바다를 빨아들인 그 시각, 해변엔 물이 빠져 있다. 바다는 스커트를 걷어 올린 미녀의 속살처럼 바닥을 드러낸다. 우리는 그 벌거벗은 갯벌을 맘껏 향유한다. 발바닥에 닿는 미끈미끈함은 반대와 저항을 모르는 대지의 순리를 고스란히 알려준다. 젖먹이 적 주무르던 엄마의 가슴이 이랬던가? 도자기를 만드느라 점토를 반죽할 때도 무한한 부드러움에서 손을 떼기 싫었더랬지.

　이윽고 밀물이 밀려든다. 해변은 서서히 사라진다. 바다는 이래서 좋다. 시야를 가리는 것 하나 없이 휑하니 트인 무한한 자유로움. 수평선에 닿은 눈길은 그 끝을 묻는다. 끝을 모르는 바다. 그래서 가없는 바다라 부르곤 하지. 사람들은 답을 모르면 없다고 말하길 좋아하니까. 하지만 끝이 없을 리가 없다. 대저 세상에 끝이 없는 것이 하나라도 있던가. 내가 서 있는 이곳에서 앞을 향해 계속 나아가면 둥근 지구를 돌아 바로 여기에 도달하겠지. 그걸 끝이 없다고 말했으리라. 바로 시작이 끝인 삶의 원리가 이렇게 있는데……

　도심의 회색 건물 속에선 사람이 모든 것의 주인 같았지만, 바닷가에서 우리는 자연의 일부일 뿐이란 걸 여실히 느끼게 된다.

　잠시 전엔 무릎까지 와 닿던 해수면이 어느새 가슴팍으로 차오른다. 서서히 차츰차츰 아무도 모르게 조금씩 변하고 있다. 어느새 물길이 만조에 달하자 바다는 나를 두둥실 띄워 준다. 온몸에 힘을 버린 채 도 닦는 물고기처럼 바다에 누워 황금빛 노을을 바라본다. 수평선 바로 위에서 샛노란 해가 이글거리는 열정을 품은 채 가라앉고 있다. 아! 해님이 잠자러 가는 시간이구나. 대가도 없이 우리를 온통 밝혀주던 태양이 하루의 역할을 마치고 작별인사를 고한다. 대체 해님은 어디로 쉬러 가는 걸까? 그의 침대는 어디일까? 누가 그의 밤 시중을 드는가? 궁금하던 나는 퍼뜩 놀란다.

　태양이 움직이는 게 아니지. 낙조란 지구의 자전으로 생기는 건데 그걸 해가 바다 밑으로 가라앉는 줄 착각하고 있었다. 지독히도 자기중심적인 인간이 스스로를 기준으로 세상을 파악하려는 단적인 표현이 바로 일몰과 일출일 것이다. 헤밍웨이마저 「전도서」 1장 5절에 나오는 솔로몬의 말을 인용하여 『해는 또다시 떠오른다』고 소설 제목을 붙였기에 우리는 언제나 태양이 뜨고 진다고 생각하며 살았다.

　인간관계도 그랬을 것이다. 서로 절친했던 관계가 깨져버리면 그걸 상대가 변했다고, 그가 떠났다고 생각하기에 십상이다. 그리도 다정했던 이가 불현듯 내게 등을 돌릴 때 그의 변심이라고 여겼었지만 그건 필시 나의 문제였을 것이다. 누굴 만날 때마다 늘 그래 왔듯이 상대를 향해 전속력으로 돌진하는 나의 미숙함과 앞뒤 가리지 못하는 철부지 같은 감정표현이 날 경계하고 피하게 한 결정적인 이유였을 것이다. 그럴 땐 언제나처럼 인간의 마음은 갈대와 같다고 단정해버렸었지. 내 문제라곤 생각지 못했으니까. 오래전 친구와 교제가 끊긴 것도, 단골환자가 딴 병원으로 발길을 돌린 때도 그건 모두 내 탓이었을 것이다. 내가 밀어냈을 것이다.

　상처받길 잘하는 나는 낙조를 보며 자신을 위로한다. 해가 져버린 게 아니라 지구가 도는 거라고. 해가 뜨는 것이 아니라 내가 맞이하는 거라고. 모든 원인이 내 안에 있다고. 모든 것이 내 탓이라 여기면 억울할 것이 없을 테니까.

달도 일찍 저문 밤

달력을 교체하면서 새해계획을 곁들여 적었다.

'열심히 걷자!'

비만치료를 받으러 오는 환자들에게 운동의 중요성을 역설하면서 정작 내가 소홀할 수는 없는 노릇이었다. 과격한 운동을 할 때 우리 몸은 단백질을 에너지원으로 사용하는 반면 느긋하게 걸으면 지방을 태우기 때문에 복부비만에는 걷는 것이 최고라 알려주곤 했다. 바로 유산소 운동의 장점이다. 무엇보다 걷기의 매력은 두 발이 대지에 단단히 닿아있는 동안, 생각은 저 멀리 안드로메다 성운까지도 너끈히 다녀올 수 있다는 점이리라.

저녁상을 치우자마자 우리 부부는 고수부지로 향했다.

정월의 초승달은 유난히 뾰족했다. 자루만 붙이면 금맥을 캐는 곡괭이로 너끈히 쓸 것 같았다. 초승달과 샛별이 선명하게 빛나는 하늘은 이슬람교를 상징하는 나라들의 국기를 펼친 듯했다. 터키나 파키스탄 같은…….

남한산성에서 시작한 물줄기를 따라 걸으니 한강이 우리를 반겨주었다.

강 속엔 커다란 얼음들이 갈라파고스거북이 등짝처럼 둥둥 떠다니고 있었다. 어릴 땐 걸어서 한강을 횡단할 만큼 겨울마다 두껍게 얼던 것이 최근 몇 년 사이엔 한강이 언다는 게 신기한 일이 되어 버렸다. 삼한사온 같은 기온현상은 어느새 아득한 전설이 되었다. 화덕 위의 가마솥처럼 지구가 서서히 눈앞에서 데워지는 것만 같다.

올림픽대교를 지나 광진교 아래를 걸을 때였다. 예사롭지 않은 신음소리가 들려왔다. 모자를 들어 올려 청각을 확보했다. 그곳에는 정박된 계류선繫留船이 한 척 있었는데 거기서 흘러나오는 것 같아 배 안을 유심히 살펴보았다. 상처 입은 동물이라도 있을 법했다.

소리의 진원지는 물속이었다. 배 바로 옆에 한 남자가 빠져 허우적거리며 얼음 덩어리를 간신히 붙잡고 있었다. 때는 정월 초사흘이었다.

우리는 튕겨지듯이 뛰어 내려갔다. 선박 안에만 들어가면 그에게 손을 내밀 수 있을 것 같았다. 하지만 육지와 연결된 배의 통로는 굳건한 맹꽁이자물쇠로 잠겨 있어 접근이 쉽지 않았다. 첩보영화처럼 아슬아슬하게 난간을 잡고 배 안으로 건너가 비치된 구명부표를 떼어 그에게 던졌다.

"아저씨, 이걸 잡으세요."

하지만 힘이 남질 않았던지 그 남자는 꼼짝도 않은 채 끙끙 앓기만 했다. 저 멀리 경찰초소가 눈에 뜨였다. 우리가 달려갈 때 몇몇 구경꾼들이 서 있었는데 그들은 하나같이 휴대폰을 들고 동영상을 찍고 있었다. 얼음물에 빠진 사람을 촬영하여 어디에 쓸 건지 정말 궁금했다. 그들에게 경찰초소에 알리라고 소리쳤다. 재빠르고 건장한 경찰 두 명이 배문을 따고 들어와 남자를 건져 올렸다. 물귀신까지 달라붙었던지 장정 셋이 기운을 써도 구조란 쉽지가 않았다.

건져놓은 사내는 만취 상태였다. 고맙다는 말 대신 "가! 가란 말이야!" 하는 고함만 되풀이했다. 경찰이란 소리에 질겁하는 것 같았다. 맥박을 잡아보니 희미하고도 나약했다. 혈관 속의 피도 얼어붙었을 터였다. 저체온증에 빠진 것이리라.

우리만 마른 옷을 입고 있는 게 미안했다. 경찰이 119차량을 불렀지만 언제 올지는 알 수가 없었다. 선박 위에 대자로 누워있는 그의 젖은 몸 위로 무정한 강바람이 덮칠 때마다 실낱같은 생명의 불꽃을 앗아 갈까 봐 조급한 마음이 들었다. 동영상을 찍던 남자들을 향해 이대로 두면 위험하니 힘을 합쳐 옮겨보자고 외쳤다. 그들은 대답했다.

"경찰이 왔는데요, 뭘. 경찰이 다 알아서 해요. 아줌마."

경찰도 이런 일엔 이골이 난 듯했다. 원래 강이 얼면 걸어 들어가는 사람이 생기지 않도록 해빙분쇄기로 둔치 주변의 얼음을 모두 깨

뜨려야 하는데 설연휴 동안 서울시가 쉬는 바람에 이런 사고가 생긴 것이라 설명했다.

혈액순환을 위해 내가 팔을 주무르자 건져 올린 남자는 잠자코 있으면 좋겠는데 손사래를 치며 거부했다. 사지를 버둥거리고 술주정을 계속했다. 드문드문 내뱉는 한탄들을 연결해 보면 취중에 죽고자 물속에 뛰어들었음을 짐작할 수 있었다. 40대 중반 가량의 그는 단정한 차림에 불량기라곤 없어 보였다. 오늘의 어려운 사회를 짊어지고 가는 많은 아버지 중 한 명이 아닐까? 얼마나 모진 경제 한파에 시달렸던지 그는 얼음물이 차다는 걸 느끼지 못하는 것 같았다. 그는 나날이 어려워지는 이 경제상황에 술을 찾지 않을 수 없었나 보다.

백 사람의 마음 백 가지의 종교보다도 의미 있다는 한 잔의 술, 중국 영토만큼이나 가치가 있다는 한 모금의 술에 대해 페르시아 시인 오마르 카얌이 그랬다던가?

과거의 한과 미래의 공포를 씻어준다고…….

달력에서 죽은 어제들과 아직 태어나지 않은 내일들을 지워버린다고…….

구급차는 쉬이 오지 않았고 엄동설한에 홀딱 젖은 사람을 손 놓고 바라다만 본다는 것은 벌받을 일 같았다. 우리는 번갈아 남자를 설득하기 시작했다. 조금만 걸어나가면 따뜻한 곳이 있으니 일어나 보라고. 물에 빠진 건 죄가 아니고 경찰은 도와주러 온 것이지 붙잡으러 온 게 아니라고.

   그는 서서히 정신이 들던지 비틀거리며 일어났다. 세 명의 남자들도 함께 비틀거리며 그를 풀밭까지 부축해 옮겨놓으니 비로소 119의 사이렌 소리가 울렸다. 온몸이 덩달아 꽁꽁 얼어 있던 나는 삐용삐용 소리가 마치 아궁이를 달구는 풀무 소리처럼 뜨겁게 들렸다. 구급요원들은 신속하게 젖은 남자를 싣고 떠났다. 구급차 등에 대고 부디 무탈하길 기원하다가 문득 서쪽 하늘을 올려다보니 달님도 그 밤엔 일찍 저물었다.

태양이 낳은 알

'열매는 들판을 보고 영글어 간다.'는 말이 있다.

도토리만 해도 벼농사가 풍년이면 적게 열리고 흉년엔 풍성하게 매달리는 현상을 보고 하늘이 민초의 마음을 헤아리는 것으로 해석한다.

올해는 우리나라에 이례적으로 태풍이 찾아오지 않는데다 알곡과 과실이 동시에 풍작인 특별한 해란다. 글로벌 금융위기에 시달리는 사람들의 마음을 위로하려는 하늘의 보살핌이라 믿고 싶다. 그래서인지 동네 어귀의 알밤이나 대추나무들이 늦가을까지 결실을 뽐내고 있었다.

우리 아파트 뜰에서도 거꾸로 매달린 촛불모양 타오르는 홍시와 밤마다 태양이 낳은 알처럼 빛나는 모과가 눈에 띄었다. 여태껏 그들이 사이좋게 그곳에 살고 있었는지 알지 못한 채 지내온 터였다.

동네 사람들이 미처 익기도 전에 따가는 걸 예방하기 위해 영민한 수위아저씨가 'CCTV 작동 중'이란 거짓팻말을 달아놓은 덕택이라고도 했다.

첫서리 내린 이후 더할 나위 없이 샛노래진 모과들이 수확되어 집집이 두 개씩 분배되었다. 성냥갑 같은 주거 환경이 너무 삭막해 가을의 전령사가 몸소 찾아와 향기를 보태는 것 같았다.

모과를 보며 네 번 놀라는 이유는 그 모습이 너무 못나서, 그런데도 몹시 향기로워서, 먹어보니 지독히도 맛이 없어서, 그럼에도 약효가 많아서란다. 우리 집에 배당된 두 전사도 부부싸움 중에 단골로 내동댕이쳐진 양은냄비처럼 울퉁불퉁했다. 더욱이 그중 하나는 낙하할 때 험상궂은 바위 끝에라도 부딪혔던지 심한 찰과상을 입고 있었다. 세계지도로 치면 아프리카 전역에 해당하는 부분은 노랗기보단 흙빛이었다.

식탁에 올려놓으니 태양의 사랑을 받은 보름달처럼 그윽했다. 우리가 향기를 좋아하는 건 사랑의 기쁨이라든지, 인간의 숭고한 정신, 혹은 선한 것의 정의로움처럼 눈에 보이거나 만져지지 않아도 분명히 세상에 있는 것들을 대변하기 때문일 것이다.

한때 노란색에 집착했던 시절이 있었다.

병원 개업을 준비하던 중에 『운을 부르는 인테리어』란 책을 보고 나서였다. 황금을 상징하는 노란색이 성업을 불러온다면서 벽에 거는 그림도 이왕이면 고흐의 작품으로 권했다. 압생트란 독주의 부작용으로 시신경이 마비된 고흐는 황반증이 생겨 온통 노랗게 색칠한 작품을 많이 남겼던 것이다.

병아리색 벽지로 도배했으니 일단은 만족이었다. 그래도 더욱 황금을 가까이하고 싶어 화병엔 프리지어나 수선화를 꽂고, 화분도 노랑나비의 날개를 꿰어놓은 듯한 온시디움 난초를 들여놓으며 노란색에 대한 기대를 키웠다.

여름에 산책하러 나갔던 고수부지에 임자 없는 해바라기가 지천으로 널린 걸 보고는 노란 꽃의 왕비격인 그들을 서슴없이 한 아름 안고 왔다. 꽃집에서 사는 것보다 직접 꺾어온 꽃들은 수명이 길어 좋았다. 그런 해바라기는 햇살을 한결 많이 간직한 것 같았다. 그런데 꽃이 담고 있는 건 햇살뿐만이 아니었다. 좀처럼 시들지 않는 해바라기를 보고 예쁘다고 만지던 환자를 향해 그동안 대체 어디에 숨어 있었던지 말벌이 뛰쳐나와 공격했다.

그렇게 혼비백산을 한 이후론 들판의 꽃을 함부로 꺾어 오지 않게 되었는데 그즈음엔 노란색에 대한 동경이 이미 수그러든 때였다. 황금이란 공기나 사랑처럼 무한한 게 아니라 한정된 물질에 지나지 않으므로 만일 내가 과도하게 차지한다면 누군가에겐 덜 가게 되리란 자각이 생긴 것이었다. 구태여 운수를 거론하지 않아도 노란색이 주는 밝고 긍정적인 이미지는 희망과 평화, 휴식, 기쁨, 젊음, 생명력을 상징하므로 병원 실내장식으로 적합한 건 당연지사였다. 재물을 혼자서만 마냥 탐할 것이 아니란 깨달음이라고나 할까?

태양의 향기인지, 달의 향취인지.

새콤하고도 달달하며 알싸하고 쌉쌀한 모과향기는 우리 집 식탁을 명랑하게 꾸며주었다. 다만, 부상을 입은 쪽 모과가 자꾸 썩어 들어가 암세포처럼 나날이 주변으로 퍼지는 것이 딱해 보였다. 그냥두면 제 몸뿐 아니라 곁의 멀쩡한 모과에까지 전이될 것 같았다. 과감하게 메스를 들었다. 아프리카 대륙을 벗어나 이미 유럽 전역으로번진 흉터 부위를 죄다 도려내었다. 절반의 나신이 된 모과는 속살이 훤히 드러났으므로 더욱 진한 향기를 뿜어낼 것 같았다.

그런데, 이상했다. 부엌에 들어서면 나를 향해 일제히 달려오듯뿜어내던 모과향기가 오히려 시들해진 것이었다. 코에 직접 대고 맡아보니 피부가 벗겨진 쪽 모과에선 전혀 향내가 나지 않았다. 그냥사과나 배처럼 과육에 불과했다. 무나 오이라고 불러도 아무런 이의가 없을 것 같았다.

하지만 벌거벗은 모과와는 달리 겉껍질이 성한 쪽은 여전히 향기로웠는데 나중에서야 그 이유를 알았다. 모과 껍질에서 끈끈한 정유를 배출해 향기를 더욱 돋운단 사실을.

우리도 그런 게 아닐까? 옷을 입고 있을 땐 자신을 표현하고자 애쓰지만, 상대에게 모든 걸 드러내 보인 후에는 더는 아무런 노력을하지 않게 된다. 이렇게까지 속을 보여주었으니 상대가 저절로 이해할 거라 안일하게 생각한다. 너무 깊게 속을 내보이면 쉽게 실망하는 것도 그런 연유일 게다. 그래서 좋은 관계란 언제나 일정한 간격을 두어야 하는 게 아닐까 싶다.

 반면에 수줍게 옷을 벗어 진찰을 청하는 환자들은 내게 더 많은 것을 원할지 모른다는 데에 생각이 미치면서 앞으론 좀 더 성의 있는 진료를 해야겠다는 생각이 절로 들었다.

 속살이 파헤쳐진 나의 모과는 더는 향기롭지 않기에 서둘러 차로 만들었다. 기관지염과 목이 아픈데 좋다는 그 열매에는 비타민 C와 칼슘, 칼륨, 철분 등이 풍부하다. 소화를 촉진하고 숙취를 해결하며 그중 떫은맛은 설사를 낮게 한다. 특별히 씨에 들어 있는 아미그달린amygdalin 성분이 면역성을 높인다기에 조각달처럼 생긴 진갈색의 씨들을 하나도 버리지 않고 함께 넣었다. 모과차를 마실 때마다 향기를 고이 간직하는 관계란 어느 정도의 거리를 유지할 것인지 겨우내 생각할 것이다.

우물쭈물 저 달님

"최근의 일식과 월식은 불길한 징조다."

셰익스피어의 「리어왕」 1막 2장에 나오는 글로스터 백작의 대사이다. 그는 서자 에드몬드의 농간으로 역모죄를 뒤집어쓰고 두 눈이 뽑히게 된다. 이 처참한 장면은 두 딸에게 박대를 당하고 광야를 떠도는 리어왕의 모습과 함께 비극의 최고조를 이룬다.

자연 현상의 하나인 일월식을 불길한 징조로 여길 만큼 안목이 없었기에 백작은 그리도 무서운 형벌을 받아야 했는지 섬뜩한 느낌이 들지만, 이 때문에 진실을 제대로 보아야 한다는 이 작품의 주제가 더 잘 와 닿기도 한다.

이따금 나타나는 일식은 자연스러운 천문현상 일부라고 해도 언제나 신기하다. 2009년 7월 22일, 21세기 들어 가장 긴 일식이 나타난다고 떠들썩했다. 우리나라에서 볼 수 있는 규모로는 61년 만에 최대라고 했다.

진귀한 장면을 놓칠 수 없어 문방구에서 셀로판지를 사왔다. 태양의 찬란한 광휘를 맨눈으로 쳐다보면 그 불경스런 죄 때문에 실명을 한다든가? 어릴 땐 양손으로 얼굴을 가리고 손가락 틈새로 살짝살짝 해님을 쳐다보며 혼자 놀던 기억이 있지만 언젠가부터 하늘을 올려다볼 겨를도 없이 바삐 달려온 것 같다.

요즈음 시청률을 달구는 드라마 〈선덕여왕〉에도 일식이 중요한 소재로 나온다. 미실공주는 중국에서 천문지식을 빌어 와 일식을 예견하며 무지한 백성에게 절대적인 천신황녀天神皇女로 군림한다. 지략가인 그녀는 자신의 권력을 키우는 데에 일식을 교묘하게 이용한다. 마찬가지로 훗날 선덕여왕이 되는 덕만도 일식 덕분에 쌍둥이로 태어나 버려졌던 운명을 극복하고 공주의 자리에 설 수 있었다. 그러나 그녀는 미실과는 대조적으로 첨성대를 세워 백성 모두 천문지식을 공유하고 농사에 응용할 수 있도록 선정을 베푼다.

오전 9시 35분부터 시작된다는 일식을 보려고 녹색 셀로판지를 여러 겹 포개어 눈에 대고 하늘을 올려다보았다.

놀랍게도 태양빛이 달에 가로막혀 있었다. 수줍기만 하던 달이 어이없게도 태양의 광휘를 덮고 있어서 해님은 초승달 모양이 되어버렸다. 그걸 '초승해'라고 불러야 하나?

그날의 일식은 무려 2시간 반이나 지속했다. 평소와는 달리 태양은 무기력하게 그의 위력을 잃었고 달의 횡포에 무방비였다. 나는 혼돈에 빠져들었다. 달이, 저 달이……

달이 그럴 순 없는 일이다.

태양의 은총을 받은 달, 그의 사랑을 듬뿍 받아 지구에 빛을 되 쏘이는 달. 그달이 감히 태양에게 폐를 끼치다니…….

하지만 달에 물어보면 자신은 오직 자신의 궤도를 돌고 있을 뿐이라고 말할 것이다.

아주 오래전 초보 운전 시절에 가벼운 접촉사고를 일으킨 적이 있었다. 대학로 뒤의 좁은 골목에서 운전하던 나는 차선을 잘 지켰는데, 그리고 상대방도 그랬다는데, 그만 커브 길에서 부딪히고 말았다. 지금은 얼마든지 이해할 수 있지만 젊고 어리석은 나는 잘못한 것이 하나도 없다고 박박 우기다가 경찰서까지 가게 되었다. 경찰은 사건의 전말을 들어보더니 솔로몬처럼 쌍방과실이란 현명한 판결을 내려주었다. 결국, 차량의 손상은 각자 해결하기로 합의를 하고 헤어졌다. 그때 몹시 억울했지만, 문득 깨달은 바가 있었다. 내 차선을 잘 지켰다고 해서 그게 최선이 아니었음을. 인생의 길은 더러 비켜서거나 양보해야 함을.

언제나 나의 궤도만 잘 간다고 해서 당당한 건 아닐 것이다. 세상 이치를 잘 판단한다면 더러 궤도에서 이탈도 하고 멈추기도 하는 현명함이 필요할 것이다. 내 할 도리를 다했노라 박수 치는 것만이 능사가 아닐 것이다.

그렇다면 달님도 억울할 것 같다. 의도하지 않았는데 그만 해님을 가리는 불상사가 생겨난 것이.

그래서인지 그날의 달빛은 우물쭈물, 엉거주춤 어색해 보였다.

우주 만물을 우리는 낮과 밤, 해와 달, 물과 불, 하늘과 땅, 남과 여, 강약, 고저 등 음양의 조화로 설명한다. 상반된 성질을 가진 두 가지가 균형을 이루며 공존하는 것이다. 하지만 한낮의 권좌를 차지한 태양에 비해 밤의 여왕인 달은 턱없이 왜소해 보인다. 그래서 달이 태양의 빛을 가리는 건 몹쓸 일처럼 느껴진다. 오랜 세월 남자에게 여자가 대적해선 안 된다고 받아온 교육에 의하면.

그날의 일식을 보면서 혹여 나를 이끌어주고 빛나게 해주었던 누군가의 광채를 덮는 사람이 될까 봐 두려웠다. 또 날 사랑하는 이의 뜻을 한순간이라도 저버리는 슬픈 일이 생길까 봐 걱정이 되었다. 우물쭈물하던 저 달의 민망함이 고스란히 내 안에 들어왔다. 그러기에 얼마나 더 많이 조심하며 살아야 할 것인가?

눈길

손바닥에서 자꾸 땀이 배어난다.

축축한 손가락 끝으로 옷깃을 살짝 여미어본다. 혹여 옥색 저고리 위로 표가 나진 않을까? 이 지나친 심장의 두근거림이.

이윽고 그날이 왔다. 아들의 결혼식!

일생을 살면서 겪을 수 있는 흔치 않은 감동의 시간.

기쁨도 지나치면 화가 될까 봐 맘 놓고 표현하지 말아야 하는 것이 인간의 자세라지만 오늘 하루쯤은 잇몸을 드러내고 한껏 웃어도 좋으리라.

관혼상제마다 허례허식을 줄이려 해도 아직도 겉치레를 벗기가 어려운 것 같다. 이를테면 결혼식이란 그 몇 시간 동안을 위해 세상에 태어난 알록달록한 화환들. 보낸 이의 정성은 고맙지만 짧디짧은 그들의 일생이 아쉽기 그지없다. 신랑 신부가 꽃보다 한결 아름다우니 화환은 생략해도 좋으련만.

양가 어머니가 화촉을 밝히면서 예식이 시작된다. 신랑 어머니의 자리에 서서 마음을 가다듬고 입장할 준비를 한다. 어머니가 생존하지 않는 집안에선 누가 불을 지필까? 공연한 궁금증에 몰두하느라 하마터면 한복 치마를 밟고 넘어질 뻔한다. 진땀 나도록 긴 행진을 거쳐 마침내 단상에 오른다. 부들거리는 손으로 청사초롱에 불을 붙인다. 예상만큼 쉬운 일이 아니다. 수전증에라도 걸린 듯이 걷잡을 수 없도록 손이 떨리는 탓이다. 아이들의 행복을 밝히는 일이라니 무언들 못할까마는 사람들 앞에 서니 진정하기 어렵다. 양쪽에서 촛불이 활기차게 빛을 낸다. 유성처럼 긴 꼬리를 긋는 촛불도 모르지 않으리라. 행복에 대한 이 열망을. 이 축원을.

어떤 자식이란 말인가? 철 들고부터 새엄마란 호칭 대신에 기꺼이 엄마라 불러 준 속 깊은 아이. 한그루 미루나무처럼 어느결에 자라나서 혼자 우뚝 선 아이. 누구에게도 사연 없는 인생은 없다지만 아들을 바라다보는 내 마음은 언제나 못다 준 사랑의 아쉬움으로 애틋하다. 그런 자식에게 짝을 맺어주며 느끼는 격한 감정의 버거움이란…….

촛불은 훨훨 타오르고 화촉을 밝힌 안사돈끼리 맞절을 한다. 주인공은 따로 있는데 먼저 단상에 오른 것이 어색하기 짝이 없다. 피할 수 있다면 피하고 말 일이다.

언뜻 뭇시선을 느낀다. 하객들이 일제히 보내는 눈길을.

바라다보는 데에도 길이 있기에 눈길이란 말이 생겨났을 것이다. 하객 한 분 또 한 분이 나를 보는 기운을 느낀다. 나에게 향한 눈길이 합쳐져 널찍한 고속도로를 이룰 것 같다고 생각하는 순간 나는 눈길 둘 데를 알지 못한다.

무릇 모든 길에 정도正道가 있다면 눈길도 바른길을 걸어야 하겠지? 행여 살면서 보지 말아야 했던 걸 보았던 건 아닐까? 호기심에 이끌려 나쁜 일을 부추기는 장면에 눈길을 주었던 건 아닐까? 나를 미혹하는 시선에 눈길이 갈피를 못 잡았던 건 아닐까? 질끈 눈을 감아야 하는 순간에 떨리는 시선을 교환한 건 아닐까?

눈에도 길이 있다는 건 '눈에 밟힌다'는 말이 잘 표현해 준다. 헤아릴 수 없을 만큼 보고 싶을 때, 잠시라도 눈에서 떼어놓고 싶지 않은 이와 떨어져야 할 때, 눈을 감아도 가물가물거리는 그리움을 '눈에 밟힌다'라고 하지 않던가. 그렇다면 눈은 단지 보는 것만이 아니라 걷는 것이며 또한 도를 닦는 것인가 보다.

정신을 차리고 하객들에게 나의 눈길을 준다.

'멀리서 또 가까운 데서 정말 많은 이들이 달려와 주었구나.'

졸업 후 25년 만에 처음 보는 동창도 있고, 열 번이고 백 번이고 내가 찾아   뵈어야 마땅한 은사님의 어려운 발걸음도 눈에 뜨인다. 이 감사한 마음을 중량으로 재본다면 그 어떤 저울이 배겨낼 수 있으랴!

눈길끼리 부딪힌다. 번갯불이 반짝 튄다. 하지만 이 모든 시선에 일일이 응대할 수 없음에 불편해지기 시작한다. 누군가 눈 맞춤을 하려 했으나 내가 스쳐버리는 무성의를 보인다면 어쩌나. 행여 내 무심한 눈길에 서운한 이가 생길까 봐 염려된다. 흰 눈 내린 날 아침, 도로에 해빙제를 뿌리듯이 감사를 내 눈 속에 담아 흩뿌릴 수 있다면 참 좋을 텐데. 오늘 하루만큼은 이해해 주겠지. 그리고 나도 다른 이의 바쁜 눈길에서 섣불리 상처받지는 말아야겠다.

어느덧 예식이 무르익고 갓 맺어진 한 쌍의 부부가 부모에게 절을 올린다. 새 식구가 된 며느리와 은근한 눈길을 주고받는다. 길이 있기에 내가 가고 네가 오누나. 우리는 탄탄한 길을 다져 소통하며 살자꾸나.

결혼식 내내 흔들리던 눈길 탓에 나는 멀미를 느낀다. 길 위에 안개가 피었던가? 점점 시야가 희뿌옇다. 보슬비 내려 촉촉한 도로처럼 눈물이 눈길 위에 막을 입혔나 보다.

지뢰밭

터질 듯이 부푼 홍시 앞에 멈춘다. 가게를 그냥 지나칠 수 없다. 어느 시인이 그 안에 해님이 들어 있다고 한 다음부턴 감이 더욱 좋다. 생전의 아버지가 즐기시던 과일, 마지막까지 아버지의 혀돌기를 즐겁게 해주었던 효성스런 열매.

우리 집 몫에다 한 바구니를 더 얹어 산다. 친구에게 주려는 것이다. 친정식구와 위아래 층을 나누어 사는 그 친구와 그녀의 아버님도 필시 감을 좋아하실 것이다.

지장보살地藏菩薩은 남에게 나눠주는 걸 하도 좋아해서 나중엔 속옷까지 벗어주고는 부끄러워 땅속에 몸을 숨겼다는데, 그 정도는 아니지만 자꾸 무언가 주고 싶은 친구가 있다. 어쩌면 내가 받는 게 더 많기 때문인지 모른다. 고교동창인 그녀와는 30년 지기이다. 예나 지금이나 조금도 변한 것이 없이 내가 노상 출렁이는 파도 같이 요동친다면 그녀는 수호바위처럼 묵묵하다. 사람 많은 곳에 가면 해파리처럼 더욱 부산해지는 나와는 대조적으로 그녀는 따개비라도 되는 듯 바위에 들러붙어 누구와도 어울리질 않는다. 달라도 아주 많이 다르다는 점 때문에 우리는 서로에게 더욱 끌리는 것 같다.

아버지가 국어 교사였던 그녀는 어릴 때부터 한국소설을 많이 읽느라 인생을 망쳤다고 주장한다. 감자 한 소쿠리를 얻기 위해 몸을 주는 주인공 여자에게서 삶이 너무 우중충하게 느껴졌단다. 반대로 나는 영문학을 번역하던 아버지 덕에 조숙하게 세계문학을 읽고 인생을 망쳤다고 말한다. 파티석상에서 손수건을 떨어뜨리는 신호로 밀애를 즐기는 백작부인들이 내게 너무 큰 환상을 심어준 탓이다. 서로 자기 인생이 더 많이 망가졌다고 우기다 보면 결국 우리는 같은 말을 하고 있다. 인생이란 원래 망치기 마련이라고⋯⋯.

함께 문학수업을 받게 된 건 우연이자 행운이다. 아마 조상의 은덕이 작용했으리라고 믿는다. 그런 조상의 은덕처럼 눈에 보이지 않게 날 도와주고 조종하는 기운을 바로 그녀가 갖고 있다. 내가 수필집을 발간할 때도 그녀는 따뜻한 교정을 봐주었을 뿐 아니라 언제나 신명 나도록 내게 박수를 쳐주었다. 아무리 실없는 소리를 해도 더욱 실없는 소리로 맞장구를 치는 그녀이기에 우리 사이엔 못할 소리가 없다. 그런 친구에게 뒤통수를 한 대 얻어맞는 일이 생겼다.

보란 듯이 백일장에 입상하여 수필가로 등단한 그녀는 좀처럼 글을 쓸 생각을 하지 않더니 이윽고 작품 하나를 내밀었다.

수년 전부터 혼자 아이들을 키우는 자신에게 남자를 만나보라고 친구가 권했는데 그게 유부남이라서 당황했다는 내용이다. 유부남을 사귀는 것은 일본의 '기미가요'를 부르는 것과 다를 바 없다는 비유를 들어 우회적으로 친구인 나를 비난했다.

글을 읽고는 일순간 그녀에게 미안했다. 막역한 사이라 여과 없이 말한 탓에 그녀에게 상처를 입힌 것 같았다. 내게 지적인 여성 하나만 소개해 달라고 집요하게 졸라댄 그 유부남이 미웠다.

그러나 시간이 지나자 황금빛 감이 검게 변하듯 노란 해님이 때마다 붉게 물들듯 내 생각이 바뀌기 시작했다. 자꾸 나를 변호하고 싶어졌다. 나는 단지 소통하는 삶을 권했을 뿐인데 그게 섭섭하다니.

밀폐된 방에 갇힌 듯 갑갑해 보이는 그녀에게 창문을 한번 열어보라고 말했던 것이다. 그러면 아침마다 까치가 들여다봐 주고 바람이 안부를 전할 거라고…….

그건 내가 만남에 대해 지대한 가치를 갖고 있기 때문에 나온 말이다. 마치 지뢰밭을 걷다가 폭탄이 터지듯이 어느 순간 예쁜 사랑이 다가와 나를 폭파시킬 때의 기쁨을 그녀에게 꼭 알려주고 싶었다. 체온이 3도쯤 상승한 듯 달 뜨고, 맥박이 1분에 10회쯤 올라 숨 가쁘고, 혈압도 20-30 높아져 발그레한 상태! 그가 산다는 이유만으로 그의 마을, 그의 도시, 그의 나라, 결국 온 지구까지 죄다 사랑하다가 우주의 주인공인 나를 더욱 중요시하게 되는 그런 감정을 말이다.

그녀는 유부남을 만나면 가정파괴범이 되기에 십상이란 위험론을 펼쳤다. 하긴 세상엔 그런 일이 흔하니까 소심하고 단정한 그녀다운 우려이다. 하지만 내가 말한 건 남자와 여자가 만나 서로의 뇌세포를 비빌 때 얻어지는 빛나는 절정감인데 그녀는 말초신경을 먼저 부벼서 사회의 질서와 윤리를 뭉개는 걸 떠올렸나 보다.

최근에 읽은 파울로 코엘료의 소설 중에는 세상에 금지된 건 단 두 가지뿐이란 얘기가 나온다. 하나는 절대 누군가에게 성관계를 강요하지 말 것, 그리고 절대 어린아이와 관계를 갖지 말 것. 그 외엔 무어든 허용된다는 코엘료는 할 수 있는 모든 걸 다해보고 꼭 끝까지 가보라는 걸 강조하는 작가이다. 하긴 간통죄 같은 건 우리나라에만 있다고 하니까.

하지만 결코 코엘료에게 동조하고 싶지 않다.

그보다 "모든 고귀한 것은 무릇 어렵고도 드물다."란 멋진 말로 『에티카』의 마지막장을 장식한 스피노자가 더 좋다. "너를 사랑한다."는 말은 "너로 인해 내가 더 완벽해진다."와 같다고 설명한 그 철학자는 진정한 사랑과 소유욕은 별개의 것이라 알려준다. 대부분의 인간은 상대를 욕망의 대상으로 보는 견해에서 벗어나지 못하므로 불행한 것이라고……. 사랑을 소유와 이기적인 쾌락이 아닌 자유와 행복의 가능성으로 정의한 그의 이론이 바로 내가 추구하고 싶은 것이다.

그래, 진정으로 사랑하는 사람이라면 그가 이 세상에 존재한다는 사실만으로 기뻐할 수 있어야 하지 않을까?

스피노자의 시선으로 보면 만남에는 결코 그 친구가 생각하는 위험의 요소가 들어 있지 않다. 내 어찌하면 호두껍데기 안에 들어앉은 그녀에게 사랑의 지뢰밭을 걷는 기쁨을 알려줄 수 있을까? 세상의 온갖 꽃들이 가슴에 가득 차 더는 계절을 느낄 수 없고, 세상의 모든 별들이 두 눈에 들어와 밤과 낮을 구분 못 하는 그런 황홀경을 너도 한 번쯤 느껴보면 안 되겠니?

황진이처럼 둥근 그녀의 얼굴 속에 숨겨진 뭉근한 고집스러움을 훔쳐보다 지레 포기한 나는 혼자 뇌까린다.

'남자? 흥! 유부남이고 무부남이고 이제 네겐 국물도 없다.'

단순함을 향하여

존 에프 케네디 공항에 도착한 것은 토요일 밤이었다. 저녁은 식당에 들러 사서 먹고 뉴욕에 있는 아들네 집에 도착하자마자 곤한 잠에 빠졌다. 비행기 여행은 늘 체력에 버거웠다. 이튿날 달그락거리는 소리에 깨고 보니 며느리가 혼자 아침상을 차리느라 부엌에서 분주했다. 근 1년 만에 방문하는 시어머니와 시할머니를 위해 콩나물국을 정성스레 장만해 두었단다. 커다란 냄비 가득 국이 펄펄 끓고 있었다.

그러나 기특함도 잠시뿐, 수저를 들어 국을 한 입 떠먹는 순간 나도 모르게 실망하고 말았다. 콩나물의 개운함 대신 들쩍지근한 맛이 도는 게 영 이상했다. 아이들도 유학을 가면 몰라보게 커버리는 것이나 강남의 귤을 강북에 심으면 탱자가 된다는 귤화위지橘化爲枳처럼 미국 땅에서 자라는 것은 언제나 그 정체성에 의심이 들곤 했었는데 콩나물조차 맛이 다른 게 아닌가. 그 닝닝한 맛을 어쩌지 못해 김칫국물을 잔뜩 섞어 먹다가 문득 놀라운 사실을 발견했다. 그러니까 그게 콩나물이 아닌 숙주나물이었던 것이다.

"어머, 미국에서는 숙주로 국을 끓이는 것이 유행이니?" 웃음 지으며 며느리에게 물어보았다. 하지만 그녀는 도무지 무슨 말인지 알아듣질 못했다.

"예? 숙주라니요? 그럼, 이게 콩나물이 아닌가요?"

함께 밥을 먹던 딸아이를 비롯해 어머님까지 모두 덩달아 신기해했다. 아들 내외는 숙주나물과 콩나물이 서로 다르다는 걸 모른다는 것이었다. 아예 숙주나물의 존재조차 알지 못했다. 8분음표처럼 생긴 것은 모두 콩나물이라는 지론이었다. 남자인 아들이야 그렇다 해도 친정 부모님이 한국에서 한정식 식당을 운영하는 며느리의 음식관이 의아하지 않을 수 없었다. 그러나 머리를 싸매고 공부만 해 미국에서 인권변호사가 된 그녀에게 나물의 종류보다 훨씬 중요한 것이 많다는 것을 이해 못 할 것도 아니었다.

나는 신이 나서 설명을 해주었다. 원래는 녹두나물이었던 것이 세조 때 단군복위를 도모하던 사육신을 배반하여 죽음으로 몰고 간 신숙주 때문에 숙주나물이라 이름 붙여졌다는 것과 나물 중에서 가장 잘 쉬어버려 변절자의 의미가 있었다는 것을. 그래서 만두속을 만들 때에 마치 신숙주를 짓이기기라도 하듯 숙주나물을 다져 넣는다는 것을…….

하긴 육개장을 끓일 때도 숙주나물을 잔뜩 집어넣으니까 숙주로 국을 못 끓일 이유도 없지 않은가? 게다가 월남국수엔 숙주가 주요한 맛을 이루고 월남 쌈에는 숙주가 날것으로 들어가곤 하니까 숙주국이 새로운 메뉴로 등장한다 해도 그리 나쁘지 않을 것이다.

다음날 동네 지리도 잘 모르는 내가 어렵사리 한인슈퍼를 찾아가 콩나물을 한 아름 사왔다. 국도 새로 끓이고 고소한 콩나물 무침을 만들어 놓았더니 며느리가 다시 물었다.

"어머님은 어떻게 이걸 구별하시나요? 정말 같은 것 아니에요?"

콩나물은 대가리가 훨씬 크고 색깔이 노랗다는 것과 숙주는 줄기가 통통하지만 연약하여 쉽게 부러진다는 등 그 둘의 차이점을 설명하다가 숙주와 콩나물을 구별 못 하는 사람 중의 하나인 친정오빠가 떠올랐다. 오빠는 밥상머리에서도 늘 책을 보는 등 공부를 열심히 하여 의과대학 교수가 되었는데 콩과 팥을 똑같이 생각하며 맛을 분간하지 못하는 특성이 있었다. 콩밥도 팥밥도 잡곡밥인 점에서 같은 것이라고 우기면서 배만 부르면 먹는 목적은 같다고 말하곤 했다. 머릿속에 대의가 가득 찬 사람들은 그런 사소한 것이 하나도 중요하지 않은가 보다. 그렇다면 쓸데없이 예민하기 그지없는 나는 공연한 걸 분별하느라 허튼 것에 에너지를 너무 많이 소비하며 사는 것이 아닐까? 현대의 지식과 정보의 홍수 속에서 허우적거리며 휩쓸려가지 않도록 나도 뇌세포 속을 정돈해 가면서 단순하게 살기를 노력해봐야겠다.

Part 4

맷돌에 비끌어 매인
오색 풍선

구 년 만의 하산

  매일 아침 뜨는 해가 이토록 활기차 보이는 건 참 오랜만이다. 이른 조반을 준비하는 나도 몇 차례 넥타이를 고쳐 매는 남편도 공연히 허둥댄다. 그가 다시 출근하는 날이다. 엊그제 입추가 지났다지만 정장을 차려입기에는 이마에 땀이 배어날 만큼 무더운 날씨이다.

  정신과 개업을 했던 남편은 구 년 전에 갑자기 일을 그만두었다. 마흔일곱 살이었던 그는 도를 닦겠다며 등산과 낚시를 다니고 전국 사찰을 순례하겠다는 호사스런 계획을 세웠다. 그러나 예약과 계획은 깨기 위해 있는 거라더니 그의 많은 시간은 무위도식으로 채워졌다.

  몇 달 지나자 집안 내력으로 물려받은 본태성고혈압이 한결 내리고 선로를 벗어난 기차처럼 아슬아슬하던 부정맥이 없어졌기 때문에 휴식의 가치를 인정할 수 있었다. 다만, 과식, 과음의 기회가 많아 당뇨병과 같은 성인질환이 시작되었으므로 마냥 좋기만 한 것도 아니었다.

일을 안 하면 무엇으로 시간을 때울지 여러 사람이 다양한 호기심의 눈길을 보냈다. 믿기 어려울 만치 그는 아무 일도 안 하면서 시간을 잘 보냈다. 딱히 취미가 있는 것도 아니요, 여행을 떠나는 것도 아니었으며 무엇에 몰두하는 것을 본 적이 없는데도 말이다.

온종일 집에서 놀면서 아주 가끔 책을 보았는데 그것은 『주역』과 『반야심경』 등으로 신혼 초에 내가 사다 준 것들이었다. 연애 소설만 좋아하는 나로선 도저히 읽을 수 없었던 그런 책을 선물한 이유는, 남자이고 나이가 일곱 살이나 많으며 정신과를 전공했단 점에서, 나보단 훨씬 잘 깨우치리라 기대했기 때문이었다.

본인은 아주 행복하다지만 지켜보는 나는 전혀 편안하지 않았다. 원래 가정주부의 점유물이던 바가지 긁기가 자연스레 남편 몫이 되었다. 퇴근길이 막혀 조금 늦게 귀가하면 질문의 종류가 많아졌다. 출근할 때마다 내 옷차림새에 대해서도 제약이 많아 이래저래 구속감을 느끼게 되었다. 또 종일토록 집을 지키고 있을 사람을 생각하면 퇴근 후엔 하는 수없이 곧장 집으로 향하게 마련이었다.

그런 부자유가 싫어서 그에게 일을 나가라고 성화를 부렸다. 〈의협신문〉 구직난을 유심히 들여다보다가 빈자리를 알아다 주었다. 못 이기는 척 한두 군데 면접을 보고 온 날이면 남편은 잔뜩 인상을 찌푸렸다. 요양원이나 복지시설에서 전문의를 구하는 이유는 단지 구색을 갖추기 위해서라든가 보험 청구를 많이 하기 위해서이지 정작 치료해야 할 환자는 없다고 했다.

그러다가 한번은 남편이 의료봉사를 간 일이 있었다. 진료봉사에 인기과목은 내과와 치과, 이비인후과나 안과 등이다. 내가 전공한 산부인과만 해도 그런대로 쓸모가 있지만, 정신과는 그렇지가 못하다. 그래도 봉사라는 어감에 이끌려 다녀오더니 두 번 다시 가지 않는 것으로 미루어 실망이 몹시 컸었나 보다. 하필이면 그날 봉사 활동을 간 곳은 탈북자 수용소였으니……. 온몸이 만신창이가 된 그들이지만 정신력만큼은 누구보다 단단했으므로 도와줄 것이 아무것도 없었다니 말이다.

일을 하든 않든 세월은 부지런히 흘러갔다. 어언 구 년이 소리 없이 지났다. 의업에 싫증 난 거라면 음식점이나 건강식품 사업체를 벌이라고 부추기던 주변 사람들의 조언도 점점 뜸해지더니 아무도 그가 다시 일하리라곤 예상하지 않게 되었다. 그만큼 일하지 않는 모습이 자연스럽고 익숙해 보였다.

하루는 남편의 절친한 대학동창이 원장으로 있는 지방의료원에서 연락이 왔다. 입원환자보다 전문의 숫자가 부족하여 비정규직으로 일할 의사가 필요하다고 했다. 거의 부탁하다시피 도움을 요청하는 터라 남편은 쉽게 거절할 수가 없었을 것이다.

시어머니와 내가 먼저 흥분했다. 가장이 일한다는 것보다 더 큰 행복이란 가족에게 없는 성싶었다. 두 여자가 수선을 떨기 때문에 자신은 오히려 싫다더니 일주일에 하루만 근무한다는 조건에 그도 승낙했다.

그 첫 출근이 바로 오늘이다.

엊저녁 산책 중에 다시 일을 하러 가는 그의 심정을 물어보았다. 혹시 그동안 의학지식을 죄다 잊어버렸다거나 새로운 시작에 겁을 낼지도 모를 일이었다. 하지만 그의 대답은 나의 예상을 훌쩍 넘었다.

달마대사가 면벽좌선面壁座禪 한 햇수가 마침 구 년이다.

남편은 그동안 나름대로 도를 깨쳤다고 말했다. 어쩌면 휴식시간이 없이 예전처럼 일만 하고 살았더라면 자신의 욕망과 어리석음에 짓밟혀 진즉 죽었을지도 모르겠노라며 결코 허송세월을 보낸 것은 아니라는 것이다.

달마대사 이전의 불교는 공부와 수행을 강조했다. 석가모니 28대 제자인 달마는 최초로 벽만 바라보며 마음을 닦았다. 혹시 졸음이 올까 봐 속눈썹을 잘라냈는데 그것이 땅에 떨어져 차나무가 되었고 스님들이 차를 즐겨 마시는 이유이기도 하다. 달마가 아무 일도 안 하고 벽만 바라다본 것을 놀았다고 말할 수 없듯이 자신의 구 년은 결코 헛된 것이 아니라는 설명이었다.

그러면 무엇을 깨우쳤는지 물었다. 그는 마음에 대해 이야기했다. 마음이 어디에 있을까? 마음이란 무엇일까? 화두를 잡고 골몰하다 보니 어느 순간 마음이 공空이란 걸 알게 되었다는 것이다. 마음이란 생물의 원동력이면서 감정과 생각, 느낌과 기분을 담는 그릇인데 그 실체를 알기란 쉽지가 않다. 사람들은 "마음이 아프다."는 표현을 자주 하지만 실제로 아픈 건 몸이거나 생각일 따름이고 마음이란 결코 아플 수 없지 않겠냐고 물었다.

갓 태어나서 불그레한 살을 가진 아기의 마음, 즉 적자지심赤子之心이라 부르는 어린아이의 순진무구한 마음을 추구하는 것이 그의 목표라고 했다. 적자지심은『맹자』이루하離婁下 중 '대인이란 그 갓난아이 때의 마음을 잃지 않는 사람이다.'란 구절 속에 나온다.

『신약성경』에 어린아이와 같지 않으면 하늘나라에 들어갈 수 없단 말이 세 군데에나 나오기 때문에 나도 그 말에 관심이 있었던 터였다. 어린아이와 같다는 것은 유치하거나 생각이 없음이 아니라 삿된 지식으로 인간 본연의 마음이 오염되지 않은 상태를 뜻할 것이다.

젖먹이 아기의 마음으로 돌아가 허황된 욕심을 부리지 않고 남을 의심하지 않는다면 세상은 훨씬 아름다울 거라 믿으며 구 년 만에 하산을 한 남편의 등 뒤에다 인사를 보낸다. 큰 사람이 되려고 노력하듯 큰 진료 하라고.

빨강 신호등

운전을 하다 보면 유난히 놀랄 일이 많다.

깜빡이도 켜지 않고 끼어드는 차, 골목에서 예고 없이 뛰쳐나오는 사람, 천진난만하게 뛰어드는 꼬마 때문에 급브레이크를 밟으며 혼비백산을 하곤 한다.

그렇게까지 돌발 상황은 아니라도 제동을 걸 때가 잦다. 그중에서 앞차와의 간격을 넓게 놔둔 채 더디 가는 차의 꽁무니를 뒤따르려면 짜증이 치밀어 오른다. 그나마 '초보운전' 표지를 붙인 차는 귀엽기라도 하지만 휴대폰을 든 채 한 손으로 운전을 하거나 조수석에 앉은 연인과 한가롭게 호호거리는 차 뒤에선 나의 급한 성정이 드러나며 험한 말이 튀어나오곤 한다.

그럴 때마다 혼자 다짐했다.

'누군가에게 브레이크를 밟게 하지 말자.'

그건 흐름에 맞춰 운전을 잘하자는 것과 주행 중엔 운전에만 집중하자는 의미도 있지만, 조금이라도 남에게 피해를 주지 않겠단 결심이었다.

이제는 운전면허 딴 지도 30년이 넘었으니 운전쯤이야 그리 어려울 게 없다.

진심은 달리 있었다. 브레이크를 밟지 말도록 하겠다는 것은 누군가에게 장애물이 되거나 발목을 잡는 사람이 되지 않겠다는 의미이면서 동시에 제발 나의 자유를 구속하지 말아달란 요청이었다.

내겐 결혼생활이 온통 장애이고 구속이며 족쇄처럼 여겨졌다. 외아들인 남편과 살다 보니 시어른을 봉양하며 생기는 어려움도 있지만, 남편의 성향은 외골수에다 타협이 어려웠다. 그런 남편에게 나는 '히틀러'라는 별명을 붙여주었다. 반면에 나는 갇힌 새처럼 갑갑해했다. 강아지만 해도 묶어 놓으면 풀어놓은 개보다 더 크게 짖고 자기표현을 강하게 하기 마련이다. 나는 맷돌에 비끌어 매인 오색풍선처럼 끊임없이 나부꼈다.

사실 결혼 후에도 나는 공부를 계속하고 싶었다. 그중에서도 한의학에 관심이 많았다. 동서의학을 하나로 아우르면 전대미문의 명의가 될 것 같았다. 직장인을 위한 야간 대학원이 적잖이 눈에 띄었다. 하지만 그런 소망을 내비치자 남편은 한마디로 반대했다. 뭘 배우러 다니려면 이혼 후에나 가능하다고 말했다. 해결은 간단했다. 나의 배움에 대한 열의를 버리면 되는 것이었다. 향학열을 덮어버리고 자기 계발을 위해 달리는 차의 브레이크를 단단히 밟아두면 되었다.

남편은 내게 언제나 빨강 신호등이었다. 동창회를 가는 것도 불가不可, 친구를 만나는 것도 노no, 학회참석도 안된다며 무조건 일찍 귀가해서 가족을 돌보라고 했다.

마음속의 브레이크를 꼭 밟아두면 양보하기란 쉽다. 정시에 퇴근하여 저녁상 차리고 양순한 아내와 착한 며느리 노릇을 하는 것이 뭐 그리 어려운 일이겠는가? 꿈꾸지 않으면 더 깊이 잠들듯이 뜻을 포기하고 체념하면 삶이 편안했다.

하지만 그렇게 밟아 놓은 제동기 때문에 나는 피해의식이 생겼나 보다. 앞차의 브레이크 등이 켜질 때마다 그리고 정지 신호등 앞에 설 때마다 공연히 한숨이 나오곤 했던 것이다.

'저 빨간색만 없다면 나는 무한히 질주할 수 있을 텐데……'

다행히도 생각은 차츰 바뀌어 갔다.

거기엔 처음 운전대를 잡았을 때의 기억이 크게 기여했다. 당시 수원에 취직이 된 나는 한밤중에도 분만을 받기 위해 총알처럼 고속도로를 달려야 했다. 하루는 제왕절개를 마치고 나오니 함박눈이 펑펑 쏟아지고 있었다. 눈길에서의 첫 운전이었다. 한산한 도로에 어쩌다 보이는 차들은 흡사 살충제를 맞은 바퀴벌레처럼 비실비실 앞으로 나아가지를 못했다.

그 차들은 눈 위에선 속도를 내지 못할 만큼 낡은 것이려니 생각되었다. 반면에 새로 뽑은 내 차는 눈길에서도 액셀러레이터의 성능

이 우수해 우쭐해졌다. 자정이 넘은 시각 눈 쌓인 넓은 도로는 오직 나 하나를 위한 길 같았다. 호수 위에 배처럼 매끄럽게 나가는 느낌에 절로 노래가 나왔다. 이따금 보이는 차들은 모두 기어가는 것과 진배없었다. 톨게이트에 이르러 속도를 줄이고자 할 때, 그때 나는 알게 되었다. 왜 눈길에선 달리면 안 되는가를…….

브레이크를 밟자마자 차는 뱅그르르 돌기 시작하더니 묘기를 부리는 피겨스케이팅 선수처럼 도무지 멈출 수가 없었다. 미끄러지고 헛돌기를 반복하면서 그나마 반대편 차선에 차량이 없었기에 지금껏 살아있게 되었다. 경부고속도로 한가운데서 곡예를 부리고 난 후에야 속도를 낸다는 게 얼마나 무서운가를 뼈저리게 느꼈고 이후론 눈발만 조금 흩날려도 절대로 운전대를 잡지 않게 되었다.

그렇다면 내게 빨강 신호등을 켜주는 이들에게 오히려 고마워해야 하지 않을까? 제어할 수 없이 속도를 내다가는 낭패를 보고 말 테니. 빨리 달려 오르면 빨리 내려와야 하는 게 세상 이치일 테니. 질주疾走란 '달리는 질병'의 뜻을 가졌으니…….

파르마콘

오늘 밤도 눈가에 정성스레 약을 바른다. 속눈썹을 자라게 한다는 물약인데 어쩌다 잊은 날엔 잠결에도 벌떡 일어나 챙기곤 한다.

거울을 볼 때마다 느끼지만 나는 치명적으로 눈이 작다. 두 눈을 부릅떠 봐도 동공이 내비치는 틈새가 좁을뿐더러 속눈썹이 보잘것 없이 짧아 아무리 눈 화장을 해봐도 보람이 없다. 이 볼품없는 눈에 대한 미적 열등감뿐 아니라 어쩐지 남들보다 시야가 좁을 것만 같은 피해의식으로 성형외과를 찾은 적이 있다. 하지만 두 곳 선생님 모두 고개를 가로저었다. 이토록 전형적으로 동양인을 대표하는 눈은 섣불리 쌍꺼풀수술을 했다간 멍청해 보일 수가 있다며 그냥 생긴 대로 살라는 것이었다. 그건 비단 나뿐만 아니라 나랑 똑같이 생긴 딸아이에게도 함께 해준 처방이었다.

성형수술로도 어찌할 수 없다는 빈약한 눈이지만 속눈썹이 쑥쑥

자라준다니 양떼구름처럼 희망이 몰려왔다. 어쩌다 인조속눈썹을 붙였던 날엔 내 눈이 한결 또렷했던 걸 떠올리면서 서양 여배우처럼 그윽하고 매혹적인 눈매를 꿈꾸었다.

눈썹이 길어진다는 이 약은 본래 안압을 낮추는 녹내장 치료제이다. 환자들이 이 점안액을 눈에 넣다가 이따금 주변에 흘리면 이상하게도 그곳에서 털이 자라나는 현상을 보고 착안을 한 것이다. 이렇게 예상치 못한 약물작용을 응용하여 종종 신약을 만들어낸다. 그 대표적인 예로 비아그라는 심장약으로 개발되었다가 발기부전 치료제로 각광받고, 어떤 위장약은 뜻밖에도 분만 촉진제로 활용된다.

그러니까 약물에 한 가지의 작용이 있다면 그 이면에 또 다른 작용이 있다는 것이다.

그중에서 의학적으로 묘약이면서 동시에 독으로 작용하는 것을 파르마콘pharmakon이라 부른다. 이는 소크라테스가 말의 중요성을 강조하면서 그에 비해 글은 파르마콘이라 일컬은 것으로 유명해진 단어이다. 또한, 자크 데리다가 선과 악, 밝음과 어둠, 안과 밖 등의 대립하는 이항二項이 서로 개별적으로 존재하는 것이 아니라 파르마콘처럼 공존하고 있다고 해서 더욱 부각된 말이다.

그러나 매사에 좋은 것과 나쁜 것이 공존한다는 걸 받아들이기란 쉬운 일이 아니다.

산부인과에서 처방하는 갱년기 치료제만 해도 그렇다. 여자 나이

50세 전후로 폐경을 맞게 되면 더는 여성호르몬이 분비되지 않아 불편함을 겪는다. 안면홍조나 수면장애, 골다공증, 심혈관 기능의 약화 등등이다. 그래서 호르몬제를 처방해주면 대부분의 환자가 넌지시 묻는다.

"부작용은 없나요?"

하루에도 몇 번씩 듣는 그 질문에 기실 나는 이런 대답을 하고 싶다.

'왜 없겠어요? 세상에 오로지 좋기만 한 일이 있던가요? 좋은 점이 있으면 반드시 나쁜 점도 동반하는 게 세상 이치가 아닌가요? 그러나 당신이 폐경기 증상에 시달리지 않으려면, 그리고 100세까지 팔팔하게 건강을 유지하려면 다소의 부작용이 있다 해도 약물의 도움을 받는 게 좋을걸요.'

하지만 그런 뼈 있는 말 대신 나는 친절하게 약의 장단점을 늘어놓으며 복용을 유도한다. 갱년기 호르몬제에는 백 가지의 좋은 점이 있지만 유일한 단점은 유방암의 소인을 가진 사람에게 암을 빨리 발현시키게 만드는 거라고. 그러므로 유방암 검사만 정기적으로 받는다면 안심하고 복용해도 된다고.

약물 부작용에 대해 자주 듣는 또 다른 질문사항은 응급피임제에 관한 것이다.

피임이란 원래 완벽한 방법이 없어 아무리 중요성을 강조해도 함정에 빠지는 사람 투성이다. 9년 전부터 우리나라에 도입된 응급피

임제는 관계 후 72시간 내에 복용하면 임신을 예방하는 신기한 약이다. 우리나라가 그나마 낙태천국이란 오명에서 벗어날 수 있었던 건 이 약의 덕택이라 여기는데, 그 처방을 받으러 온 환자들은 저마다 한마디씩 묻고 간다.

"부작용은 없나요? 선생님!"

그럴 때마다 미처 대비하지 않은 그들을 비난하고 싶은 심정에 이런 말이 튀어나오려고 한다.

'왜 없겠어요? 정자와 난자가 만나 착상되는 생명 본연의 힘을 막는 약이니 얼마나 강력하겠느냐고요? 어쩌면 난소 기능에 차질을 초래하여 이담에 불임이 될지도 몰라요. 하지만 원치 않는 임신이 되어 인공유산을 받는 것보다야 천 배쯤 낫지 않겠어요?'

그러나 환자들의 불안감을 모르지 않기에 심통 맞은 대꾸 대신 상냥한 낯빛으로 설명한다. 전 세계적으로 안정성이 입증되었다는 점과 여러 차례 남용하는 것이 아니라면 한 번의 복용으로는 건강에 큰 무리가 없다는 것을.

우리는 언제나 조금도 손해는 보지 않고 최대한의 이득만 얻으려 하는 게 아닐까? 높은 산엔 반드시 깊은 골짜기가 있듯이 약이면서 동시에 독인 파르마콘처럼 좋은 것과 나쁜 것은 항상 공존함을 이해해야 하는데……. 마치 축복이란 저주의 다른 이름이듯 절대적으로 좋기만 한 일이란 생겨나지 않는데…….

나는 한 달째 눈썹 자라나는 약을 열심히 바르며 하루하루의 변화를 관찰하고 있다. 처음부터 대뜸 눈썹이 길어지는 것은 아니고 먼저 두터워진다더니 조금씩 그런 것도 같다. 붓의 원료인 돼지털 정도이던 내 눈썹이 싸리로 만든 마당비처럼 **빳빳**해져 간다. 가뜩이나 작은 눈에 두꺼운 눈썹이 매달리니 눈꺼풀이 배기질 못하고 점점 내려온다. 이게 바로 파르마콘인가 보다. 이러다 아예 감기지나 않을까?

아찔한 소용돌이

빗방울을 피하려 처마 밑에 들었다가 낙숫물에 된통 맞은 때처럼 절로 손이 올라간다. 휑한 결손이 손끝에 닿는다. 내가 전혀 모르는 새에 정수리의 머리털이 숭숭 빠졌다. 500원짜리 동전 크기만큼 두피가 비어 맨질맨질하다. 어릴 때 방물장수 아저씨가 솜씨 좋게 때워주었던 양은냄비도 떠오르고 몽고족의 변발도 연상된다. 반드시 있어야 할 것의 부재가 주는 당혹감은 도로 한가운데 맨홀 뚜껑이 열린 것처럼 위험스럽게 보인다.

맨 처음 원형탈모증이 생긴 건 근 20년 전이다. 분만 받은 신생아가 연달아 사망하여 곤경에 빠진 해였다. 그 일로 결국 폐업을 하면서 온갖 회한을 다 느꼈기 때문에 머리카락 정도는 빠져도 대수가 아니라고 생각했다. 주위 사람들 성화에 못 이겨 피부과에 가보았더니 인구 백 명당 하나꼴인 이 병의 원인은 전문의도 잘 모른다. 갑상선 이상이나 자가 면역 질환 때문일 수도 있지만, 대개는 어떤 정신적인 충격을 받은 후에 잘 생긴다고 했다. 치료책으로 두피에 스테로이드 주사를 맞으라기에 겁을 먹은 나는 유리구슬 구르듯 진료실을 빠져 나왔다.

두 번째는 아버지가 뇌졸중으로 쓰러졌다가 결국 영영 우리 곁을 떠나시는 일을 겪자 내 머리털은 총탄이라도 비켜 간 듯이 군데군데 빠졌다. 그리고 시아버지가 의료사고로 유명을 달리한 해에도 산발적인 탈모를 겪었다.

치료를 안 하면 대머리로 진행된다는 위협과는 달리 대략 6개월 후엔 솜털들이 솟아났지만 어째서 내게 이런 일이 생기는지 황당하기만 했다. 환자들이 불편한 증상을 호소할 땐 무심하게 들어왔는데 정작 나한테 질병이 생기니 그렇게 억울할 데가 없었다. 불가사리처럼 쇠붙이도 씹어 먹을 정도로 튼튼한 나인데 탈모가 웬 말인가! 그 원인이 스트레스라는데 내가 모르는 스트레스를 내 머리털이 받았다는 게 믿어지지 않았다. 스트레스 따윈 거뜬히 물리치리라 자신할 만큼 지극히 긍정적이고 낙천적인 내가 아니었던가? 본디 내 몸의 주인은 내가 아니란 말이 진리였던가 보다. 마치 자동차 정비공의 차는 고장이 안 난다고 믿듯이 나는 아프지 않을 거라고 자만하고 살았던 것이다.

이제 네 번째의 원형탈모가 찾아왔지만, 이상하게도 여태까지는 누군가의 사망과 연결되었다면 이번엔 아무도 죽은 이가 없는데도 머리가 빠졌다. 혹시 나의 자아가 죽을 만큼 갈등을 겪었던가?

주부들이 자녀를 다 키워놓고 자아를 찾아 나선다는 얘기는 흔히 듣는다. 여행을 가거나 취미활동을 시작하면서 누구누구의 엄마나 아내가 아닌 본질적인 자기 모습을 구현하겠다는 열망을 드러내곤 한다. 나도 예외가 아닌지라 40대 후반에 접어들면서 자아를 돌아보기 시작했다. 즉 글을 쓰기 시작했다. 그러면서부터 가정이 속박처럼 여겨졌다. 각종 서적에서 여성의 불평등이 제일 먼저 눈에 띄었다. 서서히 우리 가정 내의 불평등이 수면 위로 떠오르는 것이었다. 근 25년을 조용히 감내해 왔지만, 이제는 모종의 변화를 갈구하게 되었다.

그 발단은 '김동률 콘서트'에서 비롯되었다. 대학가요제에서 '전람회'란 그룹으로 입상한 후 솔로로 계속 활동하는 그 젊은 가수는 깊고 부드러운 음색뿐 아니라 서정 가득한 노랫말 때문에 10년 넘게 내가 열광하는 뮤지션이다. 어느 날 남편과 함께 길을 가다 그의 공연안내 현수막을 발견했다. 아이처럼 환호하며 콘서트에 가겠다고 하자 남편이 싸늘하게 말했다. 가정주부가 그것도 시어른을 모시고 살면서 온종일 직장에 나다니는 것도 모자라 퇴근 후에 집으로 직행하지 않고 취미활동을 즐기는 건 안 될 일이라는 것이었다. 늘 듣던 얘기라 귓밥처럼 어느덧 내 몸의 일부가 된 말이었건만 밀려오는 서운함을 막아내기 어려웠다. 귀지를 털어내듯 거부하고 싶어졌다.

그때부터 나의 자아 찾기가 소용돌이쳤다. 남편이란 노예가 차는 차꼬의 다른 이름 같았다. 그 굴레만 없다면 나는 무한히 비상할 수 있으리라. 좋아하는 음악에 심취할 수도, 원하는 책을 끝없이 읽을 수도 있을 것이다. 부엌에 처박혀 효율적이지 않은 일상에 에너지를 빼앗기는 것은 인적자원의 손실이거나 여성으로서의 비애라고 느꼈다. 세상 어느 곳에 가서 살아도 지금보다 더 인정을 받을 것 같았다. 비아프라를 가거나 남극에 간다 해도…….

며칠간의 냉전 끝에 보따리를 쌌다. 한 번도 남편의 파시즘 정책에 저항하지 않던 내가 내린 용단은 큰 파급효과를 가져왔다. 놀란 시어머니도 동시에 짐을 싸시더니 나와 동행하겠다고 선언을 했다. 남편이 백 보 양보를 했다. 원하는 공연은 다 가도 되고 앞으로는 친구를 만나거나 친정 나들이에 반대하지 않겠노라 약속했다. 이윽고 득의양양해서 김동률 콘서트를 갔는데 그날부터 머리털이 빠지기 시작했다.

이렇게 자유를 얻는 투쟁은 죽을 만큼 힘든 일이었던가 보다. 자유는 곧 죽음이란 정신분석의 윤리를 내세운 건 프랑스의 정신과 의사 자끄 라캉이다. "목숨이 아까우면 돈을 내 놓아라!"하고 어두운 밤 골목에서 강도가 칼을 들이밀 때 돈이 아까워서 목숨을 내놓는 바보는 없다. 마찬가지로 살기 위해 우리는 도둑을 맞는다. 죽음이 두려워서 노예가 되는 것, 그것이 자유를 얻는 길이라는 설명이다.

머리카락의 결손은 그 어느 때보다 더 동그랗고도 크게 생겨나 정수리 한가운데 자리 잡고 있다. 다시 머리털이 송송 자라나면 나는 누구보다 확실한 원형탈모 면역성을 얻게 될 것 같다.

날 떠난 눈물이 자꾸 그립다

"호르몬제 좀 처방해 주세요."

K씨가 진료실에 나타난 건 3년 만이었다. 그동안 손자를 돌봐주느라 지방에서 지내는 통에 병원엔 발길에 뜸했단다.

59세의 K씨는 오래전에 폐경을 맞았지만 일찍부터 호르몬제를 복용하여 불편한 점을 전혀 몰랐는데 최근에는 시골에서 처방받을 수가 없어 어쩔 수 없이 약을 끊어야 했다. 그러다 최근엔 감정 기복이 심하고 자꾸 눈물이 나서 호르몬제 생각이 간절해졌단다. 환자의 말을 듣다 말고 나는 생각에 빠졌다. 그럼 나의 잦은 눈물이 갱년기 때문이었단 말인가? 멍하니 창밖을 내다보았다. 아무런 대꾸가 없는 나를 의아해하며 K씨가 재촉을 했다.

"호르몬제를 다시 먹겠다고요, 선생님."

정말 눈물이 많이 나더냐고 재차 내가 물었다.

감정 조절이 되지 않아 불끈불끈 화가 나고 시도 때도 없이 눈물이 흘렸다는 환자의 증상을 듣다 보니 그건 영락없는 나의 모습이었다. 밤마다 꾸는 꿈조차 너무 슬펐다. 오도 가도 못 하는 외딴섬에 떨어진 나를 만나거나 그 누구의 사랑을 받을 수 없을 만큼 망가진 내 모습을 보곤 했다. 더러는 한 줌 구름의 모습에 울컥했고 때론 브람스의 바이올린 한 소절에도 눈물이 났다. 누구와 함께 밥을 먹다가도 눈물이 솟으면 단추가 툭 떨어져 가슴이 훤히 드러날 때처럼 낭패스러웠다.

젖은 눈으로 밤하늘을 올려다보면 별들도 우느라 빛나는 것 같았다. 만물이 죄다 아파 보였다. 그림은 색채가 고와 슬펐고 음악은 아름다운 선율로 가슴을 찔렀다. 예술은 마냥 숭고한데 그렇지 못한 나는 서러웠다.

눈물의 발단은 영국 작가 줄리언 반즈의 소설이었다. 그의 단편 「마츠 이스라엘손 이야기」를 읽고부터 눈물이 나기 시작했다.

스웨덴의 구리광산에 시신 한 구가 떠내려온다. 구리 황산염의 부식방지 효과에 의해 조금도 훼손되지 않은 그 시신을 보고 누군가 마츠 이스라엘손이라고 신원을 확인한다. 그 노파는 49년 전에 그와 약혼했던 여인이다. 반백 년의 세월 동안 줄곧 약혼자를 기다렸다는 것이다. 이 애절한 사연은 죽어가면서도 옛사랑을 잊지 못하는 목재소 소장의 입을 통해 전해진다.

아마도 마츠 이스라엘손은 오래오래 변하지 않는 사랑의 영원성을 말하려는 것 같았다. 그 사연이 내게 하염없는 눈물을 선사했다. 나는 절대로 49년씩 누군가를 기다리며 살 수 없을 것 같았다. 한때는 사랑했거나 존경했거나 연모했다 해도 그것이 얼마나 존속하랴. 내 모든 것이 순간적이고 일회성이고 즉흥적인 것에 잔뜩 염오厭惡가 치밀어 올랐다.

어느 날은 운전 중에 하도 시야가 답답해 윈도 브러쉬를 가동해 보았다. 그건 창밖의 빗방울이 아니라 내 망막에 맺힌 물기였는데도 말이다. 그렇게 눈물이 흐르니 말티즈 강아지처럼 내 눈자위가 붉게 변색하기도 했다.

눈물은 망막을 보호하는 기능 이외에 감정을 해소하는 카타르시스의 작용이 있다지만, 시도 때도 없이 걷잡을 수 없이 눈물이 난다면 이건 정말 큰 병이란 생각을 하던 중이었다. 게다가 누구에게 말할 수도 없는 것이 나의 한심한 감상주의라는 것 또한 모르지 않기 때문이었다.

그즈음에 K환자의 말을 듣고 나도 용단을 내리게 되었다.

갱년기 치료제인 여성호르몬 에스트로겐은 골다공증을 예방하고 심장과 혈관을 튼튼하게 해주며 안면 홍조나 수면장애, 감정 조절에 주요한 작용을 한다는 건 훤히 알면서도 나 자신에게 해당하리라곤 미처 생각하지 못했다.

하루에 한 알씩 잣알보다 작은 그 약을 복용하기 시작했다. 그리 어려운 일이 아니었고 값이 비싼 것도 아니었다. 예전에는 이들 호르몬제가 체중을 증가시킨다는 오명을 뒤집어썼으나 최근에는 도리어 다이어트 효과까지 첨가된 제품이 시판되고 있다. 한 달가량 약을 복용하는 동안에도 차도는 없었다. 마츠 이스라엘손과 그의 약혼녀가 여전히 가여웠다.

어느 날 나의 눈물은 씻은 듯이 멎었다. 누가 마개라도 꼭 닫아 놓은 것 같았다. 더는 감정의 동요가 없어지고 울고 싶지 않았다. 명백히 호르몬제의 효과를 인정하지 않을 수 없을 만큼 현저한 변화였다.

하지만 지금은 눈물을 그리워하고 있다. 적어도 눈물이 범람하던 때엔 이처럼 뻑뻑한 안구건조증에 시달리지는 않았는데……. 독서하기가 이리도 불편하진 않았는데…….

날 떠난 눈물이 자꾸 그립다.

존재가 존재를

"깍두기는 다 먹었냐?"

순시하듯 식탁을 둘러보던 어머님이 물으신다.

이불 속에서 한껏 게으름을 피우다가 배부른 고양이처럼 느릿느릿 부엌으로 향하는 일요일 아침이다. 스피드 대회에 출전한 선수처럼 날랜 걸음과 재빠른 손놀림으로 밥상을 차리던 평일과는 대조적으로 봄볕에 늘어진 빨래처럼 흐느적거린다. 출근시간의 제약을 받지 않으니 어쩌면 식구들은 더욱 화려한 아침상을 기대할지도 모르겠다. 시간은 많으나 의욕이 없는 나는 간신히 구색을 갖춰 상을 본다. 게다가 오늘 아침엔 주요 요리main dish도 있다. 그건 남편을 뜻하는 말이다. 아무리 좋아하던 음식이라도 아들과 함께하지 않으면 맛이 하나도 없다고 타박하는 반면 허름한 식단이라도 함께 먹으면 바닥까지 싹싹 비워지는 어머니의 밥그릇을 보고 내가 남편에게 붙인 별명이다. 공광규 시인의 「얼굴반찬」에 같은 내용이 담긴 걸 보고 몹시 반가웠다.

 밥상머리에 얼굴반찬이 없으니 인생에 재미라는 영양가가 없습니다.

 그래서 더욱 식구의 의미를 강조하면서 남편에게 밥을 먹지 않더라도 꼭 식탁에 앉아주길 당부하곤 한다.

 오늘은 배추김치, 동치미, 돌산갓김치에다 가자미식해까지 김치 종류만 해도 이미 여러 가지를 늘어놓았으므로 깍두기는 일부러 꺼내지 않았다. 반찬이 너무 많으면 밥이 오히려 맛이 없다는 건 친정어머니의 지론이다.

 그런 깍두기를 시어머니가 굳이 찾으시는 것이다. 담은 지 2주가 넘어 맛의 절정을 지난 그 네모둥이들은 이젠 물컹해져 버려 특별히 챙길 만한 찬거리가 아니다. 오히려 어린 시절 편을 갈라 공기놀이나 줄넘기를 할 때 한 명이 남는 경우 이편에도 끼었다가 저편에도 끼었다 하던 깍두기처럼 없어도 그만인 셈이다.

 "아뇨, 아직 많아요." 나는 단지 잊었다는 듯이 서둘러 하얀 보시기에 빨간 무를 듬뿍 담아다 내어 드린다. 그리고는 식사 시간 내내 과연 얼마나 드시는지 어머니의 젓가락을 유심히 관찰한다. 전혀 손길이 가질 않는다.

 여든여섯의 시어머니는 세월 따라 돋보기 도수를 높이고 해마다 보청기를 교체하지만, 입맛만큼은 아무 조처를 하지 않아도 변함없이 건재하시다. 신혼 초에는 이렇듯 잡숫지도 않을 거면서 특정반찬을 찾는 취향을 보고 독특한 트레이닝으로 며느리를 길들이는 것이라 받아들였다. 김칫국물만으로도 밥 한 그릇을 뚝딱 비우는 나의 식성으론 쉽게 이해할 수 없는 처사였다.

하지만 세월이 흐르면서 어머님의 습관이 자연스레 이해가 되었다. 존재가 존재를 기쁘게 하는 것이리라. 맛이 있건 없건 간에 밥상에 올라와 있어야지 김칫독 안에만 산다면 그건 깍두기의 소임을 다 하는 게 아니다.

나는 2년 전부터 문학 강좌를 다니는데 여하한 사유가 아니면 결석을 하지 않기로 마음먹었다. 어린 시절 주일학교에서 일요일을 지키지 않으면 지옥에 간다고 하도 겁을 주어 결석이란 무서운 죄악이라고 머릿속에 박힌 연유이다. 하지만 피치 못하게 빠지는 일이 생기기 마련이다. 지난주엔 미국엘 다녀오느라 문학 강좌를 못 가게 되었다. 출석을 부르던 중에 교수님은 "김애양씨는 어디 갔나요?" 하고 찾으셨을 것이다.

깍두기는 다 먹었느냐는 어머님의 물음과 그리 다르지 않으리라 짐작해본다. 깍두기도 나도 핵심은 아니지만 존재만으로 충분히 중요하니 말이다.

몇 주 전엔 문학상 시상식에 참석했었다. 상을 받는 문우에게 갈채를 보내는 순간 나도 동시에 뜨거워졌다. 한 사람의 노력과 열정을 다른 이들이 알아준다는 건 가슴이 뻐근하도록 벅찬 일이었다. 비록 내가 상을 타는 당사자는 아니어도 그 시간을 함께 한다는 것이 무척 기뻤다. 존재란 그런 게 아닐까?

누군가를 축하하고 위로하는데 아낌없이 뜻을 모아주는 것.

내가 주인공일 때만 행사에 참석한다면 세상은 홀로 살아야 할 것이다. 결혼식 하객을 대신하는 일자리가 있듯이 시상식장에서도 박수 쳐주는 아르바이트가 생겨날지도 모르겠다.

만해의 「님의 침묵」에 나오는 "만날 때에 떠날 것을 염려하는 것같이"란 구절을 불교에서는 회자정리會者定離라고 한다. 누구나 만나면 다시 헤어져야 한다는 진리는 무슨 의미일까? 그래서 어쩌라는 것일까? 만나지 말라는 것인지, 헤어짐을 슬퍼하지 말라는 뜻인지…….

회자정리를 흔히 인생의 덧없음으로 말하지만, 그보다 '있을 때 잘하자'란 다짐일 것이다. 태어난 사람은 반드시 죽고, 만나면 헤어질 수밖에 없다면 우리는 어떻게 살아야 할까?

초상집에 가면 효자보다도 불효했던 자식이 더 슬피 운다고 한다. 살아계실 때 최선을 다한 효자는 그만큼 회한이 적어 눈물을 덜 흘린다는 이야기이다. 오늘 만나고 내일 헤어져도 아쉬움이 남지 않을 만큼 성실한 만남을 추구하는 말이 바로 '회자정리'일 것이다.

이제부턴 내가 참석해서 상대가 기뻐할 만한 자리는 되도록 빠지지 않기로 결심한다.

그리고 식탁을 차릴 때마다 반찬들의 출석을 모두 불러본다.
"명란젓!" "네", "멸치볶음!" "네", "깍두기!" "네"…….
존재가 존재를 기쁘게 한다는 걸 잊지 않고 살련다.

맷돌에 비끄러 매인 오색 풍선

기쁨을 키우는 요령

책장을 정리하다가 오래전 내 등단 작품이 실린 잡지를 발견했다. 미숙하기 짝이 없는 글 말미에 이런 소감이 달려 있었다.

"뜻밖의 등단소식에 말할 수 없이 기쁘다."

동계 올림픽에서 역전 우승을 한 쇼트트랙 선수가 눈물을 떨구는 화면을 보았다.

"예상하지 못한 금메달이라 더욱 기뻐요."

나는 '과연 그럴까?' 하는 의구심이 일었다.

우리는 어떤 일이 뜻대로 되었을 때와 전혀 꿈도 꾸지 못한 일이 달성되었을 때 어느 경우에 더 큰 기쁨을 느끼는 것일까?

빙상 위의 요정 김연아 선수가 일본을 가볍게 제치고 1위를 했을 때 예측대로 되어 좋은 것일까? 이미 예상을 했으므로 싱거운 것일까? 또 한국 축구가 첫 원정 16강에 올랐을 때 그렇게 점쳤던 사람이 더 신나는 걸까? 단념했던 사람이 오히려 더 환호하는 것일까?

내 생각엔 전혀 추측을 못 했던 때보다는 약간의 기대를 했던 경우가 더 기쁠 것 같다. 말하자면 좋은 결과에다가 예상이 맞았다는 자기 신뢰가 보태져 기쁨이 배가된다는 뜻이다. 어쩐지 앞날을 내다보는 예지력과 자신감까지 부수적으로 얻은 기분이다.

오빠가 하교하기만을 기다리던 어린 시절이 있었다. 오빠와는 4살 터울이니 아마 내가 초등학교 5학년 때의 기억일 것이다. 버스로 통학하는 오빠가 돌아올 시간에 비라도 내리면 나는 재빨리 우산을 챙겨 들고 정류장으로 뛰어가곤 했다. 정류장까지는 집에서 10분이 소요되는 거리였다. 세차게 비가 쏟아지는 날엔 오빠가 나를 발견하고 몹시 반가워했다. 혹여 친구와 동행일까 봐 나는 여분의 우산을 챙기는 총명한 아이였으므로 오빠는 친구 앞에서 우쭐해 했다.

고마워하는 오빠와 부러워하는 오빠 친구의 눈길에 맛 들인 나는 비가 오락가락하기만 해도 주저 없이 정류장엘 달려갔었다. 그런데 어떤 때는 비를 보고 뛰어갔으나 정류장에 도착하기도 전에 멎어버리는 변덕스런 날도 있었다. 그럴 때면 오빠는 왜 나왔느냐고 오히려 내게 면박을 주는 것이었다. 줄넘기와 공기놀이도 양보하고 달려왔건만 섭섭하게 대하는 오빠의 태도에 나는 민망하기 그지없어 쥐구멍에라도 숨고 싶었다. 그것도 세월이 흘러 이해하게 되었다. 당연히 나올 것이라 예상했던 때의 오빠는 내가 반가웠지만 예상치 않은 때에 만난 동생은 그렇지 않았던 것이리라.

그러기에 사람들은 자신이 예상한 대로 이뤄지는 것을 가장 큰 행복이라 여기는 것 같다.

평소 존경해 마지않는 노교수님에게 어쩌다 원고청탁관계로 전화를 드릴 일이 생긴다. 불쑥 전화하면 그분은 마치 날 모르는 사람처럼 냉랭하기 짝이 없게 대한다. 하지만 반대로 그쪽에서 내게 안부를 묻는 날엔 따뜻하고 정겹기 그지없다. 나는 이 두 가지 경우의 괴리를 받아들이기가 힘이 들어 교수님이 혹시 이중인격자일까에 대해 의심도 해보았다. 하지만 곰곰이 생각해보니 이해가 될 것도 같다. 만일 전화하기 5분 전에 통보를 할 수 있다면 그분은 내 전화를 반갑게 받으실 것이다. 무방비 상태로 받은 전화에 미처 반가워할 마음의 채비가 안 된 탓이리라.

딱히 나이 든 교수님뿐 아니라 나도 마찬가지이다. 조금도 예견하지 않았던 전화가 왔을 때 인사조차 제대로 전하지 못하는 일이 종종 있다. 나처럼 순발력이 넘친다고 자신하는 사람도 뒤늦게 다시 전화를 걸어 아까는 미처 할 말을 못 했노라고 부언하는 일이 생긴다.

슬픔도 마찬가지일 것이다. 오랜 병석에서 앓다가 죽음을 맞이하면 급작스레 세상을 떠난 경우보다 곁에 있는 사람의 슬픔이 한결 덜할 것이다. 조금이나마 대비할 수 있었기에……

또 중병의 진단을 받고도 담담한 표정을 짓거나 시한부 선언 앞에서 태연한 환자들은 평소 인간의 나약한 숙명에 대해 한 번쯤 생각했던 사람들이리라.

그런 점에서 보면 죽음의 문턱에서 "다 그런 거지 뭐."라고 했다는 조르주 바타이유나, 묘비명에다 '우물쭈물하다 내 이럴 줄 알았지.'라고 쓴 버나드 쇼우는 영원히 행복한 셈이다. 이제 곧 죽는다는 것을 예상했고, 죽음도 그다지 놀랄 일이 아니라는 것도 알았다니까 저세상에서도 내내 만족스러울 것이다.

그래서 기쁨을 배가하기 위해 그리고 슬픔을 줄이기 위해 우리는 모든 가능성을 열어 놓아야 한다. 갖가지 상상력을 동원하여 다양한 경우의 수를 죄다 예상해야 한다. 그러면 기쁨은 한껏 커지고 놀랄 일은 부쩍 적어지면서 슬픔은 자연히 감해질 테니…….

오늘도 나는 온갖 상상을 한다. 백마 탄 왕자님이 나타나시려나. 저런, 백마 탄 왕자님은 이제 내게 부질없는 나이가 되었다. 어쩌면 머리를 풀어헤치고 광야를 헤매는 리어왕의 광기를 피하는 상상이 더 필요할지 모르겠다.

천 번의 밤 인사

이상하지? 난 왜 집에 있는 건 먹고 싶지가 않을까? 냉장고 문을 열 때마다 느끼는 건데 이미 들어 있는 건 맛이 하나도 없어 보인다. 빨강 몸에 까만 쉼표를 콕콕 찍은 수박이 유혹해도 원두막에서 서리하던 샛노란 참외의 하얀 속살이 더 그립고 털이 부숭부숭한 복숭아는 쳐다만 봐도 가려워지면서 자두가 더 먹고 싶다. 사과가 있으면 배가, 딸기가 있으면 귤이, 보랏빛 포도를 보면 녹두빛 청포도가……. 사올 때의 애정은 다 어디로 간 것일까?

마찬가지로 책꽂이엔 책들이 잔뜩 꽂혀 있지만 그건 먼지로 덮어씌우고 자꾸 새로운 책을 구하러 서점에 간다. 신문에서 헌책방을 소개하는 기사를 발견하면 홍대 앞이고 신촌이고 달려가고 싶다. 손도 대지 않은 책도 많건만 오직 내게 없는 것에 대한 동경심이 하염없이 커진다. 이미 내 손에 있는 책은 흥미가 반감되어 있다. 소유했단 이유만으로 다 아는 것처럼 생각된다.

내가 받는 인사 중에서 가장 당혹스런 것은 셰익스피어를 모두 독파했을 거라는 오해이다. 아버지가 셰익스피어 번역자란 이유로 그 문호의 전 작품 37편을 죄다 읽었으리라 추측하는 것이다.

웬걸! 나는 다만 셰익스피어를 읽으며 고뇌하는 아버지의 눈동자만 읽었을 뿐이다. 중고등학교 때 세계문학전집 중에서 어지간한 소설은 뒤척거렸지만 유독 셰익스피어만큼은 손에 잡은 적이 없었다. 너무 가까이에 있기에 오히려 등한히 한 것일까? 줄거리만 대충 알고도 이미 읽은 것과 다름없다고 착각한 것일까?

연애편지를 쓰기 시작할 무렵에야 비로소 「로미오와 줄리엣」을 처음 읽었다. 죽음으로 완성한 청춘남녀의 사랑에 매혹된 나는 몇몇 대사를 기억해서 편지마다 옮겨 적곤 했다. 그중 가장 좋았던 것이 '천 번의 굿나잇thousand times goodnight!'이다. 줄리엣의 몇몇 대사는 14세 소녀가 했으리라곤 믿을 수 없을 만치 사랑의 정수를 담고 있다.

"아, 저 변덕스런 달님에 두고 당신의 사랑을 맹세하진 마셔요. 천체궤도에서 나날이 변하는 달이고 보니, 당신 사랑 역시 그처럼 변할까 두려우니까요." 라든가 "굿나잇, 굿나잇, 이별이란 이토록 슬프고도 달콤한 것. 아침이 올 때까지 굿나잇만 할 수도 있겠어요." 등등이다.

가면무도회에서 로미오를 처음 본 순간 사랑에 빠진 줄리엣은 두 번째 만남에 미래를 언약한다. 그날 밤 헤어짐이 아쉬워 발코니를 들락날락하면서 밤새도록 '굿나잇'을 되뇌었으리라. 그렇다면 '천 번의 굿나잇'을 하는 데엔 얼마만큼의 시간이 소요될까? 자정부터 새벽 동 터오는 시각까지 대략 6시간 동안 천 번을 채우려면 약 21초마다 그 말을 반복해야 한다. 헌데 줄리엣이 과연 태엽 감은 장난감 인형처럼 자동으로 '굿나잇'만 되풀이했을까?

내가 만일 줄리엣이라면 이렇게 말했을 것이다.

'굿나잇 내 사랑! 어느 신의 가호가 있어 우리가 이렇게 만났을까요? 만물을 관장하는 제우스일까? 사랑을 총괄하는 아폴론일까? 아니면 바다를 호령하는 포세이돈일까요?'

혹은 '내 사랑! 굿나잇. 내 어린 시절 나도 모르게 그 어떤 착한 일을 했던가 봐요. 당신을 이렇게 선물 받다니. 세상에 거저는 없다잖아요.'

이런 상념에 젖다 보면 '굿나잇' 소리는 몇 번 내지도 못한 채 긴 밤을 새우게 되리라. 그렇다면 정녕 천 번이나 굿나잇을 하려면 얼마만큼의 시간이 필요할까? 시간이란 본디 고향도 없고 행선지도 모르니 어쩌면 억겁의 시간이 소요될지도 모르겠다.

내가 셰익스피어를 많이 읽었으리라 추측하는 사람들은 또한 내가 그의 공연을 좋아할 것이라 지레짐작한다. 그래서 종종 셰익스피어 공연 티켓이 손에 쥐어지곤 한다. 올여름에 뮤지컬 〈로미오와 줄리엣〉의 한국어 초연이 이뤄졌다. 평소 그 어떤 영화도 원작소설만

한 것이 없다고 생각하는 나로선 이 훌륭한 작품을 뭣 때문에 음악과 춤으로 치장하는지 이해하기 어려웠다. 자칫 셰익스피어가 벌컥 화를 내지 않을까 염려스러웠다.

하지만 그건 나의 선입견이었을 뿐이다. 프랑스 작곡가 제라르 프레스귀르빅의 음악은 비극적이면서도 사랑스러운 「로미오와 줄리엣」의 느낌을 고스란히 표현하고 있었다. 불어로 만들어진 노랫말을 한국어로 옮기는 데에 조금도 무리가 없었다. 배우 개개인이 자신의 노래와 연기에 충실하면서도 전체의 조화를 이루는 데에 감탄을 금할 수 없었다.

잠든 줄리엣의 모습을 보고 그녀가 이미 죽은 줄로만 알고 독약을 마셔 기꺼이 따라가는 로미오! 뒤늦게 깨어났지만 숨을 거둔 로미오를 좇아 단도로 죽음을 마무리한 줄리엣!

그들의 시신 위로 눈부시도록 새하얀 빛이 쏟아져 내릴 때 나는 부러움의 눈물을 흘리고야 말았다. 나도 '천 번의 굿나잇'을 전하고 싶은데…….

사랑! 한글 어원은 삶에서 기원한다고 하지만 불어로 사랑l'amour은 죽음la mort과 발음이 유사해서 그 둘이 같다는 주장도 있다.

프랑스 정신의학자 자끄 라캉은 사랑 속에 벽이 들어 있음을 아는 것이 하나의 윤리라 말한다. 연인이란 누구인가? 내가 되고 싶고, 갖고 싶은 사람이기에 하나 되기를 소망하지만 죽기 전에는 도저히 그럴 수 없는 대상이다. 그래서 에로스의 본질에는 질투와 파괴 욕망이 들어 있다고 강조한다.

 그렇다면 죽지 않기 위해 사랑이란 단념해야 하는가. '천 번의 굿나잇'을 소망하고 있으나 그건 오직 꿈결에서만 가능한 것을……

 오늘 밤 내 곁에서 잠드는 이에게 '한 번의 굿나잇'을 전해야겠다. 내게 속한 것을 우선으로 귀하게 여겨야지. 우리 집 냉장고 속 과일을 가장 맛있게 먹고 미처 읽지 못한 내 책장 속의 책을 제일 먼저 꺼내보리라.

Part 6

장미넝쿨 조롱박넝쿨

영원한 구름 저 너머의 아버지께

아버지!

소식을 들으셨나요?

유라시아 극단에서 8번째로 셰익스피어 연극의 막을 올린답니다. 지난해 〈헨리 4세〉 1부, 2부를 성황리에 끝내고 이 가을엔 〈헨리 5세〉가 공연되는 거예요.

아버지!

제가 어릴 때 보고 자란 당신께선 온종일 책상 앞에 꼬불꼬불한 영어책을 두고 앉아 계셨어요. 제 기억 속의 아버지는 하루 24시간이 부족하도록 책 속에서 고뇌하고 또 고뇌하셨지요. 꼬마 시절부터 시집갈 때까지 제게 각인된 당신은 마치 천사와 씨름하던 구약성경의 야곱처럼 셰익스피어와 담판을 짓는 모습이었어요.

삶에서 진정 소중한 것이란 무얼까요?

제 생각엔 예술이 그랬습니다. 무엇보다 가장 숭고한 것이 문학과의 사투란 생각을 하고 자랐습니다. 문학이 세상 전부인 줄 알았습니다. 헌데 아버지는 왜 그걸 제게 전해주지 않으셨는지요? 당신께 가장 귀중하고 제게 커다란 선망이었던 문학을 왜 그리 쉽게 포기하고 딴 길로 접어들게 유도하셨는지요?

'아버지처럼 영문학자가 될 테야.' 라고 자부심에 차서 뻐기던 저에게 당신은 부디 의사가 되라고 간곡하게 당부하셨어요. 그게 실용적이고 현실적인 학문이라고…….

의사! 물론 나쁘진 않았어요. 아픈 이들을 치료하면서 보람을 느꼈지요. 마음이 육신에 담겨 있는 한, 몸을 돌본다는 건 중요한 일일 거예요.

하지만 아버지!

전 왜 이리 허기가 지는지 모르겠어요. 마치 배고픈 육식동물에게 풀만 먹인 것처럼 늘 헛헛한 거예요. 그래서 어느 날부터 저는 글을 쓰기로 작정을 했답니다. 아뇨, 제 안의 무엇이 자꾸 제게 글을 쓰라고 이끌었던 거예요. 혹시 아버지께서 그리 한 건 아니신가요?

지난해엔 수필집을 발간했어요. 의사가 책을 냈다고 하니 사람들은 냉정한 평가보다는 조건 없는 갈채를 보내주었습니다. 책을 안고 제일 먼저 아버지 산소를 찾아갈 만큼 제겐 뜻깊은 일이었지요. 그리고 올해에도 출간 계획을 앞두고 있어요. 소설 속에 등장하는 의사들을 소개하는 조금 색다른 내용이지요. 세계명작 중에 나오는 의사를 테마로 잡아 시리즈를 만들고 있어요.

아시다시피 셰익스피어 작품 중에도 의사가 여러 차례 등장하잖아요.

「맥베스」에선 몽유병에 걸린 맥베스 부인을 진찰하는 의사가 나오지요. 남편에게 왕을 죽이고 역모를 꾀하도록 부추겼던 그녀는 왕후가 된 후에 밤마다 잠을 못 이루고, 죽은 왕의 피가 묻었던 손을 씻는 시늉을 한답니다. 의사는 그녀의 병이 마음에서 오는 것이라 간파한 후에 오직 스스로만이 치유할 수 있다는 진단을 내립니다.

「리어왕」에서도 궁정의가 등장합니다. 두 딸에게 재산을 나눠준 후 처절하게 배신당한 리어왕은 비탄에 젖어 실성해버립니다. 효성 깊은 셋째 딸이 의사에게 리어왕을 보인 후 간곡하게 치료를 부탁하지요. 시의侍醫는 "사람의 생명을 양육하는 것은 휴양입니다만 전하께서는 그게 부족합니다."라면서 잠이 오게 하는 약초를 처방하는 장면이 나온답니다.

그뿐만 아니라 「끝이 좋으면 다 좋다」는 아예 의술이 그 소재이지요. 어떤 명의가 유언으로 딸에게 대단한 비방을 전수한 덕분에 불치병에 걸린 국왕을 씻은 듯이 낫게 하는 내용이 들어 있어서 저 같은 의사를 솔깃하게 만들어요.

그밖에도 「윈저의 명랑한 아낙네들」에선 급한 성정 덕분에 놀림 받는 순진한 프랑스 의사가 등장해서 즐거운 분위기를 이끌어내지요.

또 「심벌린」에선 사악한 왕비의 간계를 눈치채고 독약을 살짝 바꿰치기하는 현명한 의사의 활약이 돋보인답니다.

이렇듯 셰익스피어의 작품 중에도 의사가 장식하는 부분이 들어 있어 읽는 제가 뿌듯했어요. 아버지 말씀대로 의사란 인간사에 유용한 직업인가 봅니다.

저는 오늘도 서점에 들어설 때면 가슴이 울렁대고 아찔한 현기증이 느껴져요. 그리고 문학인을 만나면 뛰는 가슴을 주체할 수 없답니다. 마치 얼음 가득한 잔에 탄산음료를 따를 때 숱한 기포들이 마구 튀어 오르듯이 제 혈관 속의 피톨이 정신없이 튀는 거예요. 흡사 그 사람 안에 아버지의 일부분이 들어 있는 것 같아 존경스럽기 그지없는 거예요.

문학이 없다면 우리는 무엇으로 세상을 표현하겠는지요?

이제라도 늦지 않았다고 말씀해 주세요. 제 능력 닿는 대로 한껏 문학 공부를 마저 하고 의학에서 배운 인간학을 문학으로 더욱 승화시켜보라고 그리 말씀해 주세요.

그러면 아버지의 이 막내딸 더욱 기운을 내서 오늘은 셰익스피어를, 내일은 하이데거를 읽으면서 모쪼록 꿀통에 꿀을 보태는 일벌처럼 열심히 문학에 일조를 해볼게요.

유라시아 극단의 〈헨리 5세〉 공연을 보러 다녀가실 거지요?

공연 횟수가 더해질수록 나날이 발전하는 이 극단에 한껏 박수를 보내주시리라 믿어요.

셰익스피어 전 작품을 무대에 올리겠다는 유라시아 극단의 멋진 계획이 차질 없이 이뤄질 때까지, 아버지의 번역본을 가장 귀히 여겨 채택한 이들에게 아낌없는 성원을 보내자고요.

참고 견뎌야 하지!

"엄마, 엄마. 이것 좀 보세요."

막내딸이 급하게 벗어 던진 신발은 망둥이처럼 현관에서 허공으로 튀어 오른다. 오랜만에 친정에 들른 딸아이는 수선스럽게 내게 달려와 책 한 권을 쑥 내민다.

셰익스피어의 얼굴이 담긴 검은 겉표지에 백과사전처럼 크고 묵직한 장서이다. 왼쪽 귀에 링 모양 금귀고리를 매단 그 모습은 눈을 감아도 그려낼 수 있을 만큼 내게 친숙하다.

순간, 나는 바깥양반이 살아 돌아온 듯 감회가 새롭다.

딸아이도 똑같은 걸 느꼈으리라.

『윌리엄 셰익스피어』란 제목의 그 책은 영국작가 앤터니 홀든이 명화와 문헌자료를 곁들여 셰익스피어의 생애를 상세하게 파헤친 작품이다. 눈이 휘둥그레지도록 멋진 그림들이 가득 들어 있다. 세상에 이런 책이 다 있다니! 그 양반이 보았다면 얼마나 좋아했을까?

산부인과를 전공한 막내딸은 병원 일보다 문학에 더 큰 관심을 쏟는 것 같다. 몇 해 전부터 수필을 쓴다더니 지난겨울엔 책을 내고 문학상까지 받아서 식구들을 놀라게 했다.

문학의 어려움에 대해 깊이 고뇌했던 남편은 아이들만큼은 문학으로 진로를 잡지 않도록 만류했다. 그토록 힘에 부쳐 하며 의과대학을 보냈건만 막내딸은 아버지의 뒤를 따르지 못한 걸 서운해하는 눈치다. 의사가 되어 보람을 느낀다면서도 아버지의 후계자가 되었다면 귀중한 연구 업적을 더 빛냈을 거란 말을 자주 입에 올렸다.

생전의 아버지가 유독 귀여워하며 '꼬마'란 별명으로 불렀던 막내는 사실 문학의 어려움이 무언지도 잘 모를 것이다.

내가 영문학자의 아내로서 얼마나 힘들게 오 남매를 키웠는지 누가 속속들이 알아줄 것인가?

1957년도의 일이다.

맨 처음 번역한 셰익스피어 작품은 「로미오와 줄리엣」이었다. 주머니에 쏙 들어가도록 얄팍하게 만든 단행본은 생각보다 퍽 인기가 좋았다. 서점마다 깔려 있는 남편의 책을 바라보는 건 참 뿌듯한 일이었다. 하지만 서점에서 직접 책값을 받아와야 하는 곤혹스러움도 있었다. 그 당시엔 출판사란 책만 찍을 뿐이고 저자가 직접 판매까지 담당해야 했던 것이다.

딸 셋을 연달아 낳고 이윽고 얻은 아들이 두 돌을 지난 해였다. 갓

난아이에게 젖을 먹이자마자 누나들에게 맡겨 두고는 발이 부르트도록 서점마다 수금을 다녀오면 무정한 하루해가 훌쩍 저물곤 했다. 배가 고파 지친 아기에게 큰누나는 어찌할 줄 몰라 젖병에 맹물만 담아 빨렸다는데 그 아들이 유난히 허약해서 잦은 병치레를 치를 때마다 나는 「로미오와 줄리엣」이 몹시 원망스러웠다. 때론 작품 내용보다 더 아프게 내 가슴을 치곤 했다.

그뿐이랴!

밤하늘에 망원경을 대고 천체만 관찰하는 사람처럼 남편의 관심은 온통 셰익스피어에만 있었다. 자식을 키우는 일에 있어서나 살림을 이끌어 나가는 데 거의 관여하질 않아 그 모두가 나의 소관인 셈이었다. 대학교수의 박봉으로는 언제나 쪼들리기 마련이었고 오 남매를 모두 의사로 만들겠단 욕심에 내게 주어진 일이 너무 많았다. 눈덩이처럼 부풀어 가는 등록금을 마련하기 위해 세간을 없애고 집을 줄여 토평리, 공항동, 모래네 등등의 전셋집을 전전하던 시절도 있었다.

그래도 무척 고마웠던 건 남편이 아버지로서의 권위를 굳건하게 지키고 있던 점이다. 동화 속에 나오는 호랑이보다 더 무서운 곶감처럼 그는 아이들에게 어렵고도 거역할 수 없는 존재로 자리매김을 하고 있었다. 만일 내가 반대하고 싶을 때 "너희 아버지가 싫어할 게다." 란 말로 둘러대면 아무도 토를 달지 못했다. 실제로 남편에게 의논했더라면 문학 속에서 한없는 자유로움을 구가했던 그이는 아이들 원하는 대로 해주라고 말했을 텐데도 말이다.

그런 나는 과연 얼마나 남편을 이해했을까?

우리는 모두 균형을 잡으려고 애쓰며 산다. 정신과에서는 무엇에도 지나치게 치우치지 말라는 충고를 해준다. 하지만 예술혼이란 오히려 평형을 깨고 심하게 치우쳐야만 얻어지는 것이 아닐까 싶다. 영문학이 불모지와 같은 시대에 불후의 셰익스피어를 번역하며 어떻게 균형 잡힌 삶을 살 수 있었으랴! 결국, 문학에의 몰입과 독파 그리고 끝없는 자신과의 싸움이란 가시밭길을 걸어야만 했을 것이다.

아마도 남편이 가장 좋아했던 구절이 있었다면 그건 「리어왕」 중에 나오는 에드가의 대사 "사람은 참고 견뎌야 하지Men must endure"일 것이다. 한우물만 파기 위해 그 얼마나 노력하고 많은 것을 감내한 일생인지……

곁에서 지켜보는 나로서는 자연히 불만을 품곤 했다.

예를 들면 이런 일이 있었다. 영국에다 원서 한 권을 주문하면 배달되기까지는 오랜 기간이 소요되었다. 우체국에 가서 20달러인가 (그 시절에 그 돈은 쌀 두 가마니를 능가하는 액수였다)를 부치고 오면 대략 60일이 지나야 책이 도착했는데 남편은 그 시간을 참아내질 못했다. 40일만 지나면 우체국에 다녀오라고 성화를 부렸다. 그 책들은 단 한 번도 일찍 도착하지 않았다. 허탕 칠 줄 뻔히 알면서도 용두동 집에서 신설동 우체국으로 하염없이 걸었던 나는 궁금하기 짝이 없었다. 그에게 셰익스피어란 무엇인가? 그리고 나의 존재는 그에게 무엇인가?

더러 그런 불만을 털어놓으면 전혀 대답하지 않던 남편이었지만 나는 정답을 안다. 만일 셰익스피어와 나를 동시에 물에서 구해야 할 일이 생긴다면 그는 먼저 셰익스피어를 건졌을 것이라고…….

어느새 90세를 넘긴 내게 자식들은 거처를 더 편한 곳으로 옮겨보라고 권하지만, 남편이 세상을 떠난 이 집을, 또한 그가 남기고 간 서적들이 수북한 이곳을 떠날 수가 없다. 오늘 밤도 어쩌면 「햄릿」 속의 유령처럼 남편이 다녀갈 것만 같다.

남편이 저 너머로 간 후에 나는 셰익스피어도 세상에서 없어진 줄로만 생각하고 살았다. 하지만 오늘처럼 딸아이가 근사한 책을 보여 줄 때엔, 그리고 유라시아 셰익스피어 극단이 김재남 번역본으로 「헨리 4세」를 공연한다는 반가운 소식을 전할 때엔 셰익스피어가 정녕 불멸의 작가란 생각에 뿌듯한 기쁨을 감출 길 없다.

* 이 글은 어머니 성하길 여사의 심정으로 대신 작성한 것이다.

죽은 이도 살리는 셰익스피어

오늘처럼 햇살이 노랗게 쏟아지는 아침이면 봄을 실감한다. 새로운 시작이 한껏 느껴진다. 겨우내 쌓였던 눈이 흔적 없이 녹아내리고 조팝나무 잎사귀들이 움트는 휴일을 맞아 나는 모처럼 가까운 산을 올랐다. 검단산 정상에서 팔당댐을 내려보다가 문득 아버지의 추억에 사로잡혔다.

내가 인턴 시절이었으니 지금으로부터 25년도 더 지난 일이리라. 정년퇴임을 맞은 그해 아버지는 날마다 관악산을 오르셨다. 그러나 변변한 등산화 하나 없이 언제나 밑창이 맨질맨질한 운동화 차림이었다. 그때는 지금처럼 신발이 튼튼한 때가 아니라서 그 운동화조차도 바닥에 쉬이 구멍이 나곤 했다. 그런 아버지의 신발을 눈여겨보던 나는 월급을 타자마자 동대문 시장으로 향했다. 아버지 발의 크기를 정확히 모르기에 무조건 큰 걸로 사 들고 왔다. 내게 세상에서 가장 커 보이는 아버지는 의당 발도 클 것으로 생각했다. 딸내미의 선물을 받아든 아버지께선 등산화란 원래 크게 신는 거라며 좋다시길래 나는 그런 줄로만 알았다.

그날도 오늘처럼 봄빛이 눈부신 3월이었다. 데이트 약속도 없고 당직도 아닌 토요일 오후 나는 퇴근길에 관악산으로 직행했다. 아마 아버지에게서 보고 배운 것이겠지만 체력관리를 열심히 하는 것이 책임감 있는 삶이라는 생각에서였다. 언제나처럼 연주암에 이르러 숨을 고르고 있는데 낯익은 모습이 한눈에 들어왔다.

아버지였다.

우리는 따로따로 등산을 왔건만 정상에서 우연히 만난 것이었다. 그 예정에 없던 만남은 이산가족 상봉처럼 드라마틱했다. 그러나 아버지는 빙그레 미소만 지어 보일 뿐 많은 사람 앞에서 결코 나처럼 호들갑스럽게 반가운 내색은 않으셨다. 우리는 함께 하산 길에 올랐는데 나는 이내 콧날이 시큰해지고야 말았다. 아버지는 내가 사서 드린 터무니없이 큰 등산화 때문에 양말을 다섯 켤레나 겹쳐 신고도 남아도는 공간에 영 어색한 걸음걸이를 보였기 때문이었다. 그토록 존경하는 아버지의 발 크기도 모른 채 아무 등산화나 사다 드린 무성의한 딸자식이란 자책감이 나를 얼마나 아프게 했는지 모른다. 숫자에 약한 나였지만 265㎜란 아버지의 발 치수를 그날 기억하고 또 기억해 두었다.

올해로 아버지가 세상을 떠나신 지 어언 7년이 되었다. 하지만 아버지를 그리워할 만한 일들은 아직도 내 곁에 하염없이 맴돌고 있다. 지난 크리스마스에 받은 책도 그랬다. 동국대학교 영문과 김 한 교수님의 저서인 『셰익스피어의 인간과 세상 이야기』의 서문을 펼치니 아버지의 이름이 대번에 눈길을 끌었다. 우리말로 셰익스피어 전집이 완역된 1964년은 세계적으로 7번째 달성된 번역사였단 설명과 함께 그것은 순전히 고故 김재남 교수의 열정의 결과란 치하가 적혀 있었다. 은사의 이름을 빛내는 이 대목을 발견하고는 핑 도는 눈물을 감출 수 없었다. 아버지가 볼 수 있다면 얼마나 좋아하실까?

책 속에는 셰익스피어가 남긴 불후의 명대사와 함께 몇몇 작품들이 해석되어 있었다.

셰익스피어 작품 중에서 4대 비극은 누구나 잘 안다 하지만 상대적으로 숨겨진 보물처럼 생소한 제목들도 많다. 그 일례로 『페리클레즈』의 소개를 보고 나서 원작이 너무 궁금한 나머지 찾아 읽게 되었다. 산부인과 전문의로서 유난히 흥미롭게 느껴지는 점이 있었기 때문이었다.

페리클레즈는 타이어의 군주이다. 그는 배를 타고 가다가 바다 한가운데서 죽은 아내를 수장水葬시켜야 했다. 풍랑 때문에 조산을 하고 만 왕비가 죽은 줄로 안 것이었다. 때마침 해박한 의학 지식을 가진 한 귀족이 가사 상태에 빠져 있던 왕비를 건져 올려 치료를 시작한다. 몸을 덥혀주고 음악을 들려주고 약초를 코에 대는 시술로서 생명을 소생시키는 것이다. 신묘한 의술로 죽은 이를 살리는 이 구절은 내게 매혹적인 장면이 아닐 수 없었다.

나는 얼마나 많은 산모와 위험의 순간을 함께했던가? 출산 후 폭포수처럼 흘러내리는 출혈로 혈압이 쭉쭉 내려갈 때 분만실의 수은등보다 더 파리해져 가는 산모의 손을 잡고 절대자에게 기도를 올리던 일이 얼마나 여러 차례 되풀이되었던가?

또 난산 끝에 태어난 아기가 첫 울음을 울지 않는 아찔한 순간엔 분초를 다투어 가며 얼마나 다급하게 응급소생술을 행하곤 했던가?

내 두 눈앞에서 이승을 버리고 저승으로 건너간 몇몇 생명의 기억도 생생하다. 장성 철길에서 무단횡단을 하다 두 다리를 잃은 후 서서히 숨이 꺼져가던 중년부인 앞에서 응급실 인턴이었던 내가 아무것도 해줄 수 없을 때의 절망감이란…….

의사란 생명의 한쪽 끈을 잡고 있기에 어느 경우에나 생로병사에 초연할 수가 없다. 그런데 『페리클레즈』에 나오는 의술 때문에 나는 홀린 듯이 이야기 속에 빠져들게 되었다.

내가 이 작품을 읽던 중에 때마침 인터넷 뉴스에서 신기한 사건을 마주하게 되었다. 인도에서 교통사고로 사망판정을 받은 사람이 부검실에서 눈을 번쩍 떴다는 내용이었다. 그와 같은 일은 몇 년 전에 베네수엘라에서도 발생했다는 부연 설명도 있었다.

죽고 사는 일이란 인간의 의지 그 이상이므로 아무도 예측할 수 없고, 그 누구도 장담할 수 없으리라.

그러나 셰익스피어라면, 천하의 셰익스피어라면, 죽은 이도 능히 살려낼 수 있으리라!

그것은 비단 육신이 죽은 자에게 해당하는 말이 아니다. 문학을 빼앗기고 예술혼이 말살된다면 우리는 과연 살아도 살았다고 말할 수 있을까? 우리에게 문학이 없다면 그걸 온전한 삶이라 할 수 있을까? 그런 의미에서 셰익스피어가 인류에게 진정한 삶과 구원을 가져다주었다는 것을 아무도 부정할 수 없을 것이다. 하나 아무리 좋은 문학작품이 있다 한들 읽히지 않고 그 맛을 음미할 수 없다면 도무지 소용없는 일일 것이다. 그러기에 셰익스피어 전 작품을 무대에 올리겠다는 유라시아 극단의 야심 찬 프로젝트가 더없이 소중하게 느껴진다. 그 아홉 번째 작품인 〈존 왕〉의 공연을 축하하며 큰 기대와 함께 아낌없는 박수를 보낸다. 이 봄날 아버지의 은은한 미소가 유난히 그립다.

의사들의 해독제는 독약

　대학 입시를 6개월 남겨둔 어느 여름밤이었다. 당시 나는 영문과를 가려고 문과반에 속해 있었다. 나의 꿈은 오직 아버지를 닮는 것이었으므로……. 아주 어릴 때에도 아버지가 하는 건 뭐든지 좋아 보여 담배꽁초를 주워 몰래 피워보거나 아버지가 마시던 술잔에 물을 담아 헹궈 마시며 놀길 좋아했다. 내가 영문학을 전공하게 되면 아버지 서재의 누런 원서들은 모두 내 차지가 될 것이란 속셈에 보물섬 지도를 차지한 선장처럼 세상 부러울 게 없었다.

　낮에 무슨 좋은 일이라도 있었던지 약주 기운이 감도는 아버지는 평소와는 달리 쉽게 말문의 물꼬를 트셨다. 대문 밖 외등에 달려드는 부나방떼를 바라보며 등나무 넝쿨 아래서 부녀지간이 나눈 대화는 나의 진로 문제였다.

　"꼬마야! 아버지는 너도 의사가 되었으면 좋겠구나."

언니와 오빠가 이미 의학을 공부한 마당에 막내인 나마저 그랬으면 좋겠다는 속내를 비로소 내비치신 거였다. 그날 밤이 최초이자 마지막이었던 것 같다. 아버지는 영문학에 대한 일종의 한탄을 토로하였다. 그 밑도 끝도 없는 학문은 아무리 공부를 해도 영어 문화권 사람들이 가진 고유의 정서에 도달할 수 없다는 것이었다. 언어의 느낌을 도저히 우리말로 옮길 수가 없다며 어쩌면 불가능한 작업일 거라고 했다. 같은 노력을 기울여야 한다면 의학처럼 실용적인 학문이 한결 큰 보람을 얻을 것이라는 구체적인 설명과 간곡한 권유 앞에서 차마 당신의 소망을 저버릴 수 없었다.

그 다음 날로 나는 당장 이과반으로 옮겨 수학이니 물리며 화학이니 지독히도 적성에 맞지 않는 과목들의 진도를 뒤따라가며 힘겨운 입시 대비를 해야 했다.

그렇다면 아버지는 왜 그리도 의사를 좋아했을까? 영문학을 하지 말라는 것과 의사가 되라는 것은 별개의 문제였다. 의과대학은 여느 과보다 2년이나 더 오래 등록금을 내야 하므로 허리가 휘청할 텐데도 묵묵히 우리의 뒷바라지를 해 주신 연유는 무엇일까?

아버지세대를 돌아다보면 어렴풋이 이해가 되기도 한다. 한국전쟁이 터졌을 당시 아버지는 대구에서 교편을 잡던 중이라 서울의 식구들과 떨어져 지냈었다. 피난길에 어렵사리 온 가족이 해후한 곳이 고향 영암에서 가까운 전라남도 장성이었다. 그곳에는 아버지의 절친한 친구 한 분이 공의로 있었는데 당시 의사의 위상이 대단했단다. 그 친구 앞에서는 남한군, 북한군 가리지 않고 너나없이 굽실거렸으며 미군이나 중공군 심지어는 소련군에게까지도 대접받는 모습을 보고 아버지는 이 세상에서 의사가 최고란 생각이 뇌리에 박혔다. 전쟁 통엔 '톱질'이란 용어도 생겨났는데 전세에 따라 서로 다른 이념을 가진 군대가 번갈아가며 양민을 학살하는 비극을 뜻하는 말이다. 하지만 의사라고 하면 이념에 상관없이 그 누구도 해치지 않는 것을 두 눈으로 확인하셨단다. 적과 아군을 가리지 않고 치료하며 인간애를 실천하는 의사란 직업이 아버지는 무한히 부러웠던가 보다.

내가 턱걸이로 간신히 대학에 합격했다는 소식을 전하던 날 그때만큼 아버지가 기뻐하는 모습을 나는 다시 본 일이 없다. 말하자면 나는 큰 효도를 한 셈이었다. 이후로 아버지는 은근히 자식자랑을 하기 시작했고 셰익스피어 연구에 몸바친 일생보다는 자식들을 공부시킨 아버지로서의 삶을 더 가치 있게 여겼던 것 같다. 회갑기념 논문 모음집에 당신의 업적보다 가족사항을 먼저 나열한 점이나 또 언젠가 미국의 『세계인명대사전Who's who in the world』 출판사에서 연락이 왔을 때에도 인적사항이나 논문, 집필 저서 등을 적어야 할 곳에다 자꾸 우리 오 남매의 프로필을 넣겠다고 우기던 기억이 아직도 또렷하다.

그럼, 아버지는 자식들이 어떤 의사가 되길 바랐을까?

나는 『아테네의 타이먼』을 읽다가 깜짝 놀랄만한 구절을 발견한

적이 있다. 그것은 주인공 타이먼이 산적들을 향해 날리는 독설 중의 일부분이다.

> 세상에는 일정한 직업에 종사하고 있으면서 무제한으로 도둑질을 하는 놈들이 있다.(…)
> 의사 따위를 믿지 말아라. 놈들의 해독제는 독약이다. 놈들은 너희들 이상으로 살인을 하고 있다. 재산과 목숨을 함께 **뺏어간다.**(4막 3장)

아니, 셰익스피어는 의사를 도적으로 여겼단 말인가? 독약으로 해독해야 할 만큼 극악한 무리로 치부했단 말인가? 이독치독以毒治毒이란 말이 있듯이 독을 해독하는 것은 또 다른 독이란 것은 명백한 사실이다. 가장 대표적인 예가 독버섯을 먹고 무스카린에 중독되었을 때 맹독성의 흰독말풀이 가진 아트로핀으로 해독하는 일이다. 셰익스피어는 왜 의사에게 이리도 심한 표현을 했을까?

게다가 셰익스피어에게도 의사 사위가 있었다. 큰딸 수잔나의 남편 존 홀은 당시 주민에게 더할 나위 없이 추앙을 받던 의사였다고 한다. 그가 대단히 풍부한 내용의 임상 일지를 남긴 점이나 그를 시의원으로 추대한 사실로 미루어 훌륭한 의사임이 틀림없다. 셰익스피어가 그런 사위를 두고도 의사를 도적집단으로 표현한 것은 의사들에게 물질 지향에 대한 일종의 경계심을 주려는 의도였으리라.

아버지는《아테네의 타이먼》을 번역하면서 이 대목을 어떻게 받아들였을까? 우리 집 가훈을 '인류 문화에 공헌하자'라고 거창하게 정한 아버지였기에 적어도 당신의 자식들은 도적이 아닐 것이라 굳게 믿었을 것이다.

그 누구도 아닌 아버지의 딸로 태어난 나는 구름 저 너머에서 지켜보는 아버지의 눈길을 느끼며 오늘날 열악해진 의료 현실 속에서도 부끄럽지 않은 의사가 되려고 노력한다는 걸 아버지 또한 모르지 않으실 거다.

조롱박 넝쿨 장미 넝쿨

한때는 주말마다 정신없이 달려가는 곳이 있었다.

경기도 안성 공도면 진사리.

정년퇴임 후 아버지가 거처를 옮긴 곳이었다. 지인이 장만한 전원주택을 관리하는 조건으로 이사를 감행하셨다. 복잡한 도심이 싫어진 탓도 있지만 아버지는 농사를 짓고 싶어 했다.

내 기억 속 말년의 아버지는 밀짚모자를 쓰고 고무장화를 신고 호미를 든 농군으로 자리 잡았다. 모시적삼을 입고 진종일 책상 앞에서 셰익스피어와 씨름하던 것과 조금도 다르지 않게 진지하고도 열성적인 자세로 땅을 일구었다.

농사일 또한 어머니의 내조가 한몫했다. 어머니는 농사란 자식 키우는 것과 다를 게 없다며 우리를 희생적으로 길렀듯 기꺼이 식물들의 어머니 노릇을 자청하였다.

서울에서 한 시간쯤 차를 타고 가면 '음메에'하는 소 울음소리가 들려오면서 너른 밭 가운데 챙 넓은 모자 두 개가 가장 먼저 눈에 띄었다. 백 평 남짓한 땅에다 두 분은 세상 채소란 채소는 모조리 수집하였다. 가게를 차린다 해도 부족하지 않을 만큼 실로 다양한 작물이 자라고 있었다. 무, 배추, 고추와 상추, 쑥갓이며 케일, 토마토, 오이, 가지, 호박, 깻잎, 아욱, 근대, 완두콩…….

　예전부터 두 분은 화초 키우기를 좋아하였다. 어릴 때 살던 용두동 집도 마당이라곤 10평이 채 안 되었건만 물망초며 옥잠화며 맨드라미나 봉숭아들이 여름 내내 번갈아 꽃을 피우도록 꾸몄고 수세미가 주렁주렁 매달리는 가을날이면 아이들이 샐비어 꽃대를 쪽쪽 빨아먹으며 뛰어놀 수 있는 터전을 마련해주었다.

　그러고 보니 아버지는 식물이건 동물이건 혹은 자식이건 키우는 것을 마냥 좋아했던 분이다. 우리 남매 뿐 아니라 한국전쟁 때 부모를 여읜 조카들도 번번이 서울로 데려다 공부시켰으니 말이다.

　한때는 물고기를 기른다고 마당을 파서 연못을 만든 적도, 돌멩이도 자란다는 게 신기하다면서 수석壽石을 수집한 적도 있었다. 마당 한구석에는 줄곧 개집 하나가 자리 잡았는데 그 집의 주인에게는 언제나 '데니'란 이름을 붙여주었다. 더러는 아파 죽고 더러는 도망가거나 개장사에게 잡혀가기도 하면서 우리와 인연을 맺은 데니들이 족히 10마리는 될 것이다. 그리고 그 많은 데니의 이름을 가장 많이 불러 주었던 아버지는 밥그릇을 챙겨주면서 개와 이야기 나누는 것을 좋아했다.

"데니 밥 먹자!"

그런 아버지의 열의는 평범한 채소를 키우는 것으론 채워지지 않으신 게 틀림없다. 한 주일이 지나 방문해보면 그때마다 새로운 식물들이 등장했다. 예를 들면 쓴맛이 몸에 좋다면서 민들레와 씀바귀들을 재배했고, 일본식 매실 장아찌인 우메보시 재료인 차조기를 길렀으며, 토란이나 연근처럼 진흙토양에 잘 자라는 뿌리식물들을 소출하였다. 작약이 흐드러지게 마당을 채우기도 했고 식물도감에나 볼 수 있는 요상한 꽃들도 눈길을 끌었다. 매발톱꽃이라든지 관상용 양귀비라든지……

여느 곳에서 쉬이 보지 못하던 작물이 자라날 때면 경이로움을 감출 수 없었는데 조롱박 넝쿨이 특히 그랬다. 『아라비안나이트』에 나오는 호리병 모양의 조롱박들은 동글동글한 모양새와 투명한 연두빛깔이 하나하나 고스란히 보석이었다. 아치형의 조롱박 넝쿨 아래에서 그 이국적인 정취에 빠지면 나는 서울로 돌아갈 시간도 잊은 채 해질녘까지 앉아 있곤 했다.

그리고 햇살 찬란한 6월이 오면 장미들이 일제히 꽃을 피웠다. 마을 입구에서부터 거름 냄새 사이에 간간이 섞인 장미 향기를 감지할 수 있었다. 바야흐로 장미의 계절을 맞으면 그곳은 한낱 한적한 시골이 아니었다. 그 어떤 궁전보다 아름다운 울타리를 가진 황홀한 성곽처럼 보였다. 아버지도 여느 필부처럼 장미의 아름다움을 탐하

셨던 걸까? 처음 이사 갔을 때는 밭 한가운데 운치 없이 서 있던 양옥집에 불과했던 것을 9년간 기거하는 동안 아버지는 우아하고도 근사한 대궐로 바꾸어 놓았다.

장미!

장미가 한창 피어오르면 아버지는 무슨 생각을 하였을까?

'내 사랑은 유월에 피어난 빠알간 장미'라고 노래한 로버트 번즈의 시를 떠올렸을까?

아니다. 아닐 것이다. 아버지는 분명히 셰익스피어가 그려낸 장미전쟁을 떠올리면서 인간의 권력욕에 치를 떨고 그럼에도 여전히 역사는 순환되는 것을 안타까워했을 것이다. 이따금 신문을 보다 말고 집어던지거나 뉴스 도중에 텔레비전을 꺼버리던 아버지는 백장미와 붉은 장미를 문장으로 내걸고 귀족들이 벌였던 지루한 권력다툼을 비단 흘러간 역사라고 여기지 않았을 것이다. 아버지에게나 셰익스피어에게나 장미란 예사로운 꽃이 아니었을 것이다.

유라시아 극단에서 장미전쟁을 다룬 〈헨리6세〉의 막을 올린단 설레는 소식을 들었다. 그 누구보다 반가워 할 아버지를 대신하여 빨간 장미 꽃다발을 안고 첫 공연엘 다녀와야겠다.

네 번의 결혼

창가에 늘어놓은 초롱꽃 화분에 망울이 맺히는 이맘때면 청첩장이 많이 날아든다. 고개를 살포시 숙인 채 땅을 향해 피어나는 초롱꽃은 새 신부 같다. 하긴 그것도 옛이야기일 뿐 요즘의 신부들은 수줍음과는 그다지 상관이 없어 보인다. 여성의 권리가 커진 데에 그 원인이 있겠지만, 예식 중에 웃으면 첫딸을 낳는다고 웃음을 금기시했던 과거와는 달리 이제는 꼭 딸을 낳겠다는 각오처럼 함박웃음을 짓는 신부 일색이다. 하기야 나만 해도 그러다 첫 딸을 얻었으니.

지난주에 참석했던 결혼식은 여러 가지로 특별했는데 예식 시간이 주말이 아닌 평일 오후란 점이나 영국 황실을 방불케 하는 화려한 분위기 그리고 마술공연을 보여준 피로연 등이 결혼식 문화의 변화를 잘 보여주었다.

행복에 겨운 신랑 신부를 보면서 나는 엉뚱하게도 얼마 전에 읽은 미래에 대한 기사가 생각났다. 미래에는 결혼을 네 번씩 한다는 것이다. 물론 수명이 연장된 때문이겠지만 첫 번째는 환상으로, 두 번째는 경험을 위해서, 셋째는 아기를 가지려고 그리고 네 번째는 사랑을 위해서 결혼을 한단다. 인생이 무엇인지 아는 시기에, 일방적으로 받으려고만 하는 이기심에서 벗어나 상대를 위해 무엇을 해야 하는지를 알고 헌신하려는 네 번째 결혼이야말로 진정한 결혼이라고 설명했다.

그러면 가족관계가 무척 복잡하리라는 우려와 함께 미래인이 은근히 부럽기도 했다. 한편 평소 궁금했던 사랑과 결혼의 상관관계에 대한 의문을 해소하는 대목이기도 했다. 내가 이상하게 생각했던 점은 '이루어진 사랑'과 '이루어질 수 없는 사랑'의 차이였다. 남녀가 서로 만나 사랑해서 결혼하고 아이 낳고 살면 이루어진 사랑이고, 절절히 애끓도록 사랑했건만 하룻밤도 함께이지 못한 채 헤어지면 그건 이루어지지 않은 사랑일까? 그런데 왜 이루어진 사랑은 백년해로를 못하고 사랑의 결실인 아이들을 버린 채 갈라서는 일이 비일비재하고, 비록 이루지 못해도 죽음의 순간 상대의 이름을 부를 만큼 오랜 세월 사랑을 간직하며 살았다는 사람들의 이야기가 있는 것일까?

예를 들어 괴테의 『젊은 베르테르의 슬픔』의 주인공 베르테르는 유부녀 로테에 대한 감정을 이기지 못하고 권총 자살을 하고 마는데 그런 그의 사랑을 이루지 못한 것이라고 해야 할까? 베르테르는 로테와 처음 춤을 추었을 때 입었던 푸른 연미복과 노란 조끼를 입고 생일에 로테에게 받은 분홍 리본과 그간의 편지들을 모아놓고, 또 로테에게서 빌려 온 권총에 입을 맞춘 후에 방아쇠를 당기고 만다. 그렇게 마음속에 로테를 가득 담고 로테로 치장한 채 죽은 베르테르는 사랑의 실패자일까? 오히려 사랑의 완결판처럼 보이지 않는가?

어제 온 환자만 해도 그랬다. 두 살배기의 엄마인 그녀보다 더욱 기억에 남는 것은 그녀의 남편이다. 산전 진찰 때마다 동행한 그는 태아의 초음파를 함께 보기도 했고 임신에 대해 궁금한 점을 꼬치꼬치 물었다. 여자의 신발을 신겨주고 핸드백도 꼭 대신 들고 다녀서 아내사랑이 돋보이는 남편이었다. 또 그는 시도 때도 없이 병원에 전화를 걸어 산모의 배에서 태동이 줄었다느니 배가 푹 꺼졌다느니 하는 질문을 해 왔다. 회사에서 휴가를 내어 병원에 온다는 그 덕분에 요즘 젊은 아빠들은 상당히 가정적이라고 생각하게 되었다.

그랬던 그녀가 2년 만에 모습을 나타내어 그동안 이혼했다는 소식을 전했다. 남편에게 다른 여자가 생겼다고 했다. 그렇게도 유별나게 아내와 뱃속에 있는 아이까지 챙기던 남자가 그럴 수 있을까 참 의아한 생각에 멍하니 환자를 바라보았다. 하긴 요즘처럼 이혼이 다반사인 세상에 놀랄 일이 아닌지도 모르겠다.

대조적으로 어머니 세대에 대한 생각이 떠올랐다. 지난 오월에 오라버니 내외와 남편 그리고 조카까지 모처럼 어머니를 모시고 팔당 장어구이 집엘 갔다. 외식을 유달리 꺼리는 어머니였지만 어버이날이라고 강권하여 길을 나섰다. 식사 중에 카네이션을 가슴에 달아

드리자 뜻밖에도 "자식들 키운 건 아버지와 함께였는데 이제 혼자 효도를 받아 죄스럽다."면서 눈가에 물기를 내비치셨다. 아버지가 떠나신지 7년이 넘었건만 자식 앞에선 오로지 아버지 생각만 나는가 보다. 카네이션에 맺힌 이슬처럼 영롱한 어머니의 눈물방울을 보면서 결혼의 의미란 정녕 이런 것이 아닌가 생각이 들었다. 네 번씩 결혼하는 미래엔 어떨까?

어머니의 보쌈김치

"글쎄 다시 열어보라니까."

친정에서 김장을 담그던 날이었다.

어머니는 옆에서 내가 속을 넣어 여민 보쌈김치를 펼쳐 보이라고 다그치셨다.

해마다 김장이 끝나면 얌체처럼 빈 통만 가져가 얻어왔지만 올해엔 나도 동참하기로 했다. 아들딸들에게 나눠주려고 배추김치 200포기를 담그신 어머니는 나를 위해 보쌈김치거리를 따로 장만해 두셨다. 막냇사위가 유난히 좋아한다는 걸 잊지 않은 것이다.

국 사발에 넓은 배춧잎들을 펼치고 그 안에 단면으로 자른 배추 토막을 담은 다음 각종 재료를 사이사이 넣고 껍질을 잘 여미면 환상적인 보쌈김치가 탄생했다. 그 내용물들을 어머니는 밤새 손질하셨을 것이다. 굴, 낙지, 새우, 생태, 황석어, 잣, 호두, 밤, 대추, 은행, 미나리…….

이제는 혼자 기거하는 텅 빈 집에서 말동무 하나 없는 긴 밤을 일거리로 지새우셨겠지.

어머니와 나는 나란히 앉아 보쌈김치를 담그기 시작했다. 그런데 어머니는 내가 만드는 김치가 영 수상하다면서 자꾸 열어보라는 것이었다. 한 포기를 완성하는데 불과 3분이 걸리지 않는 것이 분명히 무언가를 빠뜨렸을 것이라고 단정하셨다. 하는 수 없이 펼쳐 보이면 어머니는 고개를 갸우뚱거리셨다. 11가지 재료들이 빠짐없이 들어 있었던 것이다.

산부인과 의사에게 꼭 필요한 덕목이 있다면 그건 바로 신속성이다. 산모의 몸에서 한 방울의 피라도 덜 흘리도록, 신생아가 일 초라도 일찍 산소를 마시도록 하려면 무엇보다 신속함이 요구되었다. 병원의 구내식당에서도 가장 밥을 빨리 먹는 사람은 대체로 산부인과 전공의였다. 그렇게 속전속결에만 길든 나는 어머니처럼 정성 들여 꼼꼼히 하는 일엔 도무지 소질이 없었다.

후딱 김치 몇 통을 채우고 집으로 돌아왔다.

그런 나의 허물은 한참 후에야 드러났다. 바야흐로 김치를 꺼내 먹던 날.

보쌈이란 명칭이 무색하리만큼 배추들은 마구 헝클어져 있었다. 빨리 만들기에만 급급했던 나는 야무지게 감쌀 재간이 없었던 것이다. 낱낱이 흩어지는 김치 덩이를 간신히 보시기에 담았더니 제일 처음 맛 본 남편이 한마디 했다.

"장모님도 이제 김장은 그만 담그셔야겠다."

엉성하게 여민 보쌈김치는 공기에 많이 노출되어 마치 삶은 듯이 물컹거렸다.

올해 구순인 어머니. 하지만 그토록 꼿꼿하고 정정한 어머니의 손맛을 내가 먹칠하고 말다니…… .

아, 어머니 그만 좀 하세요

섣달그믐에 잠들면 눈썹이 하얗게 센다는 속설을 가장 열렬히 믿은 사람은 어머니였다. 해마다 그믐밤에 온 가족이 모여앉아 잠들지 않고 할 수 있는 일거리를 마련했다. 주로 만두 빚기와 빈대떡 부치기였는데 어느 해인가는 순대를 만드느라 온 집안을 검붉은 돼지피로 칠했던 기억도 있다.

흰 눈이 내려 사위가 고요했던 그해 그믐밤엔 특별한 메뉴가 선정되었다. 전라도가 고향인 아버지가 이북음식인 만두나 빈대떡은 즐기지 않고 일본유학 시절에 맛보았던 '모찌'에 대한 추억을 내비치던 걸 새겨들은 어머니는 시골에서 올라온 찹쌀 서 말로 그 떡을 만들려는 것이었다. 꼭 내 주먹만 한 크기로 동글게 말은 찹쌀 덩이 속에 팥소를 넣고 녹말가루를 입히는 것이었지만 보기보다 쉽지 않았다. 본래 데굴데굴 굴러다니길 좋아하는 팥들은 '앙꼬'로 만들어도 찹쌀

테두리 속에 갇히질 않고 자꾸 뛰쳐나오려고 했기 때문이었다. 200개쯤 혹은 300개쯤 만들었을까? 온 식구가 둘러앉아 늦도록 만든 떡 덩이는 열 살배기 꼬마둥이인 내게 눈송이만큼 무한정 많아 보였다.

어머니는 그것들을 뿌듯하게 바라보면서 찹쌀떡이란 말랑말랑할 때보단 단단하게 굳은 다음 구워먹는 것이 제맛이라고 쟁반과 광주리에 담아 마루에 발 디딜 틈 없이 펼쳐놓았다.

운동회 때 장대 끝에 매달린 바구니를 향해 모래주머니를 무수히 던지면 한순간 바구니가 터지면서 대형 플래카드가 펼쳐지는 장면이 떠올랐다. 꼭 그 모래주머니처럼 생긴 하얀 모찌를 새해를 향해 높이 던지면 멋진 소원들이 이뤄질 것만 같았다.

그 당시 내 소원이라면 대체로 황당한 것들이었다. 예를 들면 내가 이 집안의 막내딸로 태어난 미미한 존재가 아니라 '소공녀'처럼 고관대작의 딸이었다는 게 바야흐로 밝혀진다거나 '키다리아저씨'처럼 내게도 근사한 후원자가 생기는 것 따위였다. 정말이지 고관대작의 딸까지는 바라지 않아도 오 남매가 한방에서 자면서 밤마다 벌이는 이불쟁탈전이라도 면하고 싶었다. 아무튼, 새해엔 날마다 어제와 다른 날들이 되어 달라고 빌었다.

그래서였을까? 정말 놀랄 만한 일이 벌어졌다. 설날 아침에 눈을 떠보니 마루 가득 늘어놓았던 떡들이 한 개도 남아 있지 않았던 것이다. 그 대신 마룻바닥엔 고물고물한 쥐 발자국들이 그려져 있었다.

자기 몸 크기의 떡들을 쥐들이 어떻게 운반해 갔을까? 오빠는 우리가 연탄을 옮길 때처럼 줄지어 서서 차례로 전달했을 거라고 추측했고 언니는 서커스단의 곰돌이가 재주 부리듯 공굴리기를 했으리라고 설명했다. 어쨌거나 밤새 쥐들이 환희에 차서 벌였을 떡잔치를 상상해보면 자꾸 웃음이 날 뿐 어머니의 난감하고 허망한 표정은 그다지 눈에 들어오지 않았다.

당시는 쥐꼬리를 잘라 동사무소에 가져다주면 5원씩의 포상금을 받던 때였으니만큼 쥐들이 인간사에 참견을 많이 하던 시절이었다. 오빠와 나는 노획물을 쌓아두었을 쥐들의 보물창고를 찾느라 구석구석을 뒤져보았지만 전혀 단서를 잡을 길이 없었다. 동물의 두뇌는 우리의 상상력 그 이상이었던 것 같다. 먹을 것이 흔치 않던 그 시절, 쥐에게 소중한 양식을 약탈 당한 어머니의 노여움은 절정에 달했다. 당장에 쥐덫과 쥐약을 사와 쥐와의 전쟁을 선포하였고 그 겨우내 통통한 쥐들이 얼마나 많이 잡혀 들었는지 모른다.

이후로 어머니는 모찌를 다시는 만들지 않았고 나는 그 떡을 먹지 않는 사람이 되었다.

그건 어머니에게 낭패감을 안겨다 준 음식일 뿐만 아니라 일본에선 정초에 즐겨 먹다가 종종 노인들의 질식사를 초래하는 불길한 음식으로 내게 낙인찍힌 까닭이었다.

하지만 어머니는 모찌만 제외했을 뿐 여전히 무언가를 만들기를 단념하지 않았다. 묵도 꼭 도토리를 따다 직접 쑤었고 맷돌에 콩을 갈아 뽀얀 손두부를 탄생시켰으며 자줏빛 팥으로는 달콤한 양갱을 만들어 주었다. 방과 후에 집으로 달려가면 날마다 새로운 간식거리를 만들어 놓았던 어머니의 부지런함은 경이에 가까웠다. 지금도 TV에서 요리강습을 하면 어머니는 화면에서 눈을 뗄 줄 모르신다.

그 어머니가 올해로 구십이다. 지난가을 아버지 제사 때 가보니 상다리가 무겁다고 비명을 내지르는 소리가 들리는 것 같았다. 나물도 삼색만 무치면 될 텐데 꼭 다섯 가지를 챙겨야 직성이 풀리는지, 빈대떡만 부쳐도 온 집안이 고소한데 생선, 호박, 새우전까지 왜 그리 구색을 다 갖추어야 만족하는지. 혼자 재래시장과 대형마트를 몇 차례나 오가며 고생하셨겠지. 건강함이 최대의 매력인 어머니도 예전과는 달리 노쇠함이 눈에 뜨인다. 금메달을 차지한 역도선수가 역기를 들듯 번쩍번쩍 일어나던 분이 지금은 로봇처럼 삼 단계를 거쳐야 자리에서 설 수가 있다. 땅 짚고, 무릎 짚고, 허리 짚고 그제야 홀로서기를 할 때 '에구구' 하는 의성어가 후렴처럼 따라붙는다.

추석 직후 어떤 문학 강좌에 갔다가 존경하는 평론가 선생님에게 다소 의외의 이야기를 들었다. 칠순을 바라보는 그분도 오랫동안 제사를 모시며 살았단다. 하지만 이젠 허리도 아프고 순전히 남자의 몫인 제사상 펴고 접는 일이 성가시기 때문에 앞으론 명절에 일절 집에서 음식을 장만하지 않기로 선언하고 일가친척들은 모두 산소에서 모이기로 정하였단다. 우리 어머니에 비하면 20년이나 연하인

선생님 내외분이 그런 개혁을 시도했다고 자랑하는데 어쩐지 어머니 얼굴이 떠올라 서글퍼졌다.

최근엔 제사 지내는 집을 점점 찾아보기 어려운 것이 사실이다. 몇 해 전만 해도 명절 직후엔 몸살 난 주부들이 병원에 찾아와 영양제 주사를 맞고 기운을 회복해 가는 것이 풍속도의 하나였다. 그 명절증후군 덕에 병원이 반짝 붐비기도 했는데 요즘엔 그런 환자란 통 만날 수가 없다. 이제는 전화주문만으로 일체의 제수용품을 배달해주는 음식사업이 호황을 누리기도 하고 명절 연휴가 오면 때맞춰 해외여행을 간다는 사람들이 점점 눈에 많이 띈다.

세상이 점점 간편하고 현실적인 것만 추구하다 보니 제사를 등한히 하는 것도 자연스러운 변화인 셈이다. 그러나 어머니는 100세 혹은 그 이상이 되어도 움직일 수만 있다면 손수 제사상을 차리고 말 것이다. 나이가 들면 편한 걸 구가하여도 하나도 흉이 되지 않는 법인데 어머니는 왜 맨날 일하기를 좋아할까?

"아, 엄마 이제 그만 좀 하세요."

내가 이렇게 소리 내어 말하자 어머니는 번쩍 눈빛을 빛내며 나를 올려다보신다. 그 눈빛 속에서 나는 이런 말들을 읽었다.

"넌 TV도 안 보니? 설날이면 임진각 망배단에선 북녘고향을 향해 절 올리는 행렬이 이어진단다. 마음속에 한 가지쯤 염원을 간직하고 살아야 그걸 진정한 삶이라 부르지 않겠니?"

| 해설 |

수필가로서의 의사의 초상

이태동(서강대 명예교수 · 문학평론가)

산부인과 의사 김애양이 『초대』와 『의사로 산다는 것』에 이어 세 번째 수필집 『위로』를 펴내는 것을 보고 우리는 그의 초능력에 경탄하지 않을 수 없다. 의사로서 바쁜 생활을 하면서 3년에 걸쳐 연차적으로 이렇게 책을 낸다는 것은 결코 쉬운 일이 아니기 때문이다.

그러나 필자는 김애양을 초능력자라고만 말하기보다 생을 무척 풍요롭게 그리고 열심히 살아가는 데서 즐거움을 발견하는 행복한 사람이라고 말하고 싶다. 정신과 의사가 아닌 경우 대부분의 의사는 인문학적인 정신세계를 깊이 이해하고 즐기는 기쁨을 누리기가 쉽지 않은데도 불구하고 그는 폭넓은 책읽기를 통해 "의학에서 배운 인간학을 문학으로 승화"시키고 있기 때문이다.

김애양이 의사로서 일하면서도 문학을 하겠다고 결심을 하게 된 것은 경성제대를 나오시고 일생 셰익스피어 연구로 외길을 걸었던 아버지 김재남 교수의 영향력과 그에게서 물려받은 유전자 때문이라는 것이 본인의 말이다. 그는 감수성이 예민하던 시절 아버지의 후계자가 되고 싶어 대학에서 영문학을 하겠다고 생각했다. 그러나 아버지의 만류로 의사의 길을 걷게 되었다.

아버지!

제가 어릴 때 보고 자란 당신께선 온종일 책상 앞에 꼬불꼬불한 영어책을 두고 앉아계셨어요. 제 기억 속에 아버지는 하루 24시간이 부족하도록 책 속에서 고뇌하고 고뇌하셨지요. 꼬마 시절부터 시집갈 때까지 제게 각인된 당신은 마치 천사와 씨름하던 구약성경의 야곱처럼 셰익스피어와 담판을 짓는 모습이었지요.

삶에서 진정 소중한 것이란 무얼까요?

제 생각에 예술이 그랬습니다. 무엇보다 가장 숭고한 것이 문학과의 사투란 생각을 하고 자랐습니다. 문학이 세상 전부인 줄 알았습니다. 헌데 아버지는 왜 그걸 제게 전해주지 않으셨어요? 당신께 가장 중요하고 제게 커다란 선망이었던 문학을 왜 그리 쉽게 포기하고 딴 길로 접어들게 유도하셨는지요?

'아버지처럼 영문학자가 될 테야.' 라고 자부심에 차서 뻐기던 저에게 당신은 부디 의사가 되라고 간곡하게 당부하셨어요.…

의사! 물론 나쁘진 않았어요. 아픈 이들을 치료하면서 보람을 느꼈지요. 인간의 마음이 육신에 담겨 있는 한, 몸을 돌본다는 건 중요한 일일 거예요.

하지만 아버지!

　전 왜 이리 허기가 지는지 모르겠어요. 마치 배고픈 육식동물에게 풀만 먹인 것처럼 헛헛한 거예요. 그래서 어느 날 저는 쓰기로 작정을 했답니다. 아뇨, 제안에 무엇이 자꾸 제게 글을 쓰라고 이끌었던 거예요. 혹시 아버지께서 그리 한 건 아니신가요?

―「영원한 구름 저 너머의 아버지께」 부분

　현실에 바탕을 둔 아버지의 현명한 판단이 그를 수필가로 만들어 자유롭게 글을 쓸 수 있게 만드는 결과를 가져왔다. 김애양은 어린 시절부터 아버지로부터 문학적인 영향을 받고 셰익스피어 작품을 비롯하여 많은 고전을 읽고 자랐기 때문에, 그가 문학을 하겠다고 하는 뜻은 얼마든지 이해할 수 있다. 그러나 아버지는 영문학 공부가 아끼는 막내딸이 생각하기보다 너무나 어렵고 실용적이 못 되기 때문에 만류했던 것이다. 영문학 공부는 문학 작품을 생산하는 창작 활동이 아니라 텍스트를 두고 그것이 지닌 예술성을 분석하고 평가하며 그 속에 담겨 있는 숨은 뜻을 탐색하는 학문적인 작업이다. C.P. 스노우가 『두 문화』라는 저서에서 셰익스피어의 「햄릿」을 이해하는 것은 열역학 제2법칙을 이해하기만큼 어렵다고 말한 것은 이러한 사실을 증명하고도 남음이 있다. 다시 말해, 아버지 김재남 교수는 한국인이 영문학을 정복한다는 것은 영어라는 외국어의 정복은 물론 탁월한 비평적인 사고와 날카로운 통찰력과 같은 학문적인 노력이 필요하다는 것을 경험으로 체험했기 때문에 귀여운 막내딸에게 영문학보다 실용적이면서도 인간애를 구현할 수 있는 의사의 길을 택하게 하였을 것이다.

그러나 김애양은 아버지로부터 물려받은 저항 할 수 없는 유전적인 영향력 때문에 의사의 길을 걸으면서도 직접 글을 쓰지 않을 수 없는 어떤 절대적인 욕구로 수필가가 되어 지금에 이르고 있다.

김애양은 앞에서도 언급한 것처럼 의사로서 바쁜 생활을 하면서도 적지 않은 양의 수필을 써서 나름으로 자기의 스타일을 구축해 가고 있다. 『위로』라는 수필집에서 볼 수 있듯이 그의 수필은 소재의 범위가 매우 넓고 다양하므로 그것의 통합적인 구조를 밝히기는 어렵다. 그러나 전체적으로 보아 그의 글은 자화상自畵像을 그리는 것으로 집약되고 있다. 그래서 그가 언어로 그리는 자화상은 피카소의 입체화처럼 자신의 운명적인 성격뿐만 아니라 그가 살아오면서 보고 느낀 것, 의사로서 경험한 삶의 모습, 그리고 위엄 있는 아버지에 대한 기억 등을 모자이크 형식으로 구성하고 있다. 그 결과, 그가 자화상의 이름으로 그리는 삶의 풍경에는 항상 우리가 느끼기는 하지만 말로 표현하지 못한 삶의 진실을 다시금 진지한 마음으로 생각하게 하는 잠언(箴言)에 가까운 도덕적인 메시지가 있다.

또 중요한 것은 그의 글의 주제가 전해주는 메시지가 항상 명확하고 뚜렷한 생활 철학 및 도덕성을 제공하고 있기 때문에 "신변잡기" 유의 글들과는 차별화되고 있다는 것이다. 그의 글에 나타난 언어 또한 대체로 과장됨이 없이 소박하고 따뜻하며 적지 않은 유머를 지니고 있기 때문에 그의 글 여기저기에 연민의 정은 나타나 있어도 전체적인 분위기와 톤은 밝다.

이 수필집 제1부의 맨 앞에 실려 있는 김애양의 대표작으로 평가 받고 있는 「부러진 기타」의 경우를 두고 생각해 보자. 소녀 시절의 그의 자화상을 그린 듯한 이 작품은 얼핏 보면 평범한 것으로 마음 에 큰 울림을 주지 못하는 것으로 읽힐 수 있다. 그러나 자세히 살펴 보면, 이 작품은 신변잡기 유의 그들과 차별화될 수 있는 문학성을 지니고 있다는 것을 발견하게 된다. 무엇보다 이 작품에는 수필 문 학에서 가장 중요한 삶의 진실과 생활의 철학이 담겨 있는 도덕성을 지니고 있다. 이것뿐만 아니다. 그는 이 작품의 주제를 추상적으로 나타내지 않고 이미지 등을 사용해서 미학적인 방법을 통해 그것을 구체화해서 조용한 지적 감동을 일으키고 있다. 이 작품이 나타내고 자 하는 것은 누구나 쉽게 발견할 수 있듯이 인간이 본능적인 현시 욕에 빠져 절제를 하지 못하게 되면 죽음과 같은 비극적인 결과를 가져온다는 것이다. 이러한 주제를 잘못 표현하면, 작품이 교훈주의 적인 설교로 흘러버리게 될 위험성을 갖고 있다. 그러나 김애양은 이것을 탁월한 상징적 이미지와 풍자, 그리고 웃음과 눈물을 함께하 는 풍자를 통해서 미학적으로 표현하는 데 성공하고 있다. 이 작품 에서 하나의 언어적인 모티프로 뒤풀이해서 나타나고 있는 "저요, 저요."라는 표현은 풍자와 유머를 동시에 나타내고 있는 희화戱畵적 인 표현이다.

이 작품의 화자narrator가 현시욕 때문에 소풍 가는 날 언니의 기타를 훔쳐 가지고 가서 급우들 앞에 바흐의 미뉴에트를 연주했으나, 별로 관심을 끌지 못했고, 돌아오는 길에 차를 기다리다 옆에 세워 두었던 악기가 넘어져 목을 부러뜨리는 황당한 일을 당하게 된다. 악기는 인간 감정의 스펙드럼을 전음계全音階로 나타내고 있기 때문에, 우리는 악기를 사람이라는 생명체에 대한 상징적 이미지로 생각할 수 있다. 그래서 그것이 지닌 문학적 가치는 실로 크다. "저요, 저요."라는 표현은 현시욕이 생명까지 잃게 하는 위험을 지니고 있다는 것을 은유적으로 나타내고 있다. 이 작품에 나타난 언어 역시 현란하지 않고 진솔하면서도 따뜻하다.

「내 이름은 줄리엣」이란 글 역시 바다를 사랑한다는 뜻인 애양愛洋이란 자신의 이름이 지닌 의미를 탐색하여 그것이 지닌 뜻과 자신의 성격을 고전에 나타난 문학적인 표현과 시적인 이미지를 통해서 규명하는 노력을 보이고 있다. 그러나 자신의 운명적인 성격의 취약한 부분을 이야기하면서도 그것을 긍정적인 방향으로 살리는 모럴이 있는 삶의 모드를 은유적으로 제시하고 있는 것이 우리의 시선을 끈다.

나의 소원을 물으면 예전처럼 거창한 말을 하지 않으련다. 대신에 늘씬한 해초처럼 살겠노라 말하련다.
한 잎 미역이 되어 듬뿍 광합성을 하여 바다 깊숙이 맑은 산소를 뿜겠노라고. 어린 물고기들이 내 품을 찾으면 매끈한 손으로 따사로이 어루만져 주겠노라고. 또 사랑하는 흰 수염 돌고래와 마주칠 때마다 이렇게 속삭이며 나부낄 것이라고.

"내 몸 어딘가에 닿았던 당신의 입술 때문에 나는 영원히 죽지 못하고 깨어 있을 거예요. 그러나 꼭 죽어야 한다면 한 점 먹거리가 되어 아낌없이 주는 내 이름의 의미가 되겠노라고…….

– 「내 이름은 줄리엣」 부분

「내 사랑의 이슬이 그대 뼈에 닿으리」라는 글 역시 위의 작품에서 언급한 사랑과 베풂의 주제를 일상적인 생활에서 발견한 사건을 통해 "존재의 고리"가 아닌 사랑과 은혜의 순환 관계에서 읽어 내고 있다. 「선물」은 사소한 일상적인 생활에서 일어나는 소재를 사용해서 "주는 것이 받는 것이다"라는 생활의 철학 못지않게, "주는 것 혹은 베푸는 것이 받는 것보다 더 즐겁다"는 것을 진정으로 체험한 경험을 통해 말 없는 웅변으로 증언하고 있다.

「그대 영혼 앞에 영원한 거지 소녀」는 '코페추어 콤플렉스'를 자전적인 경험을 통해 풍자적인 유머로 구체화한 것인데 저자의 페미니스트적인 성격뿐만 아니라 억압 탓에 무릎을 꿇지만, 결코 패배하지 않는 비극미가 담긴 저항적인 색채가 짙게 깔렸다. 「유토피아의 초대」 또한 현실을 부정하는 언니에 대한 불만을 나타낸 글이지만, 토마스 모어가 그의 저서 『유토피아』에서 언급한 것처럼 유토피아는 없고, 우리가 살고 있는 이 땅이 바로 유토피아란 사실을 과학자인

의사의 처지에서 설득력 있게 확인하고 있다.

　제2부는 제1부의 글들과는 달리 의사로서 체험한 여러 가지 낯선 경험에 대한 이야기를 흥미롭게 엮고 있다. 이들 글의 구성 또한 앞에서 살펴본 작품들의 그것과 다른 면모를 보이고 있다. 여기서 김애양은 상징과 은유적인 표현을 사용하기보다 현재의 경험과 과거의 경험을 병치시켜 두 가지 경험을 동시에 이야기하면서 사건의 안과 밖에 담겨 있는 의미를 서로 보완하기 위해 이른바 '상호텍스트성'의 효과를 사용하고 있다. 레지턴트 과정을 밟는 젊은 여의사가 '카데바'라는 해부학 실험실에서는 물론 아기를 받는 신생아실에서 심장과 마음이 일치된 것으로 생각하고 호기심을 보였던 경험을 감동적으로 담은 글 「어떤 증명서」는 두 개의 토픽을 병치시켜 비교하는 방법을 보여 독자들의 관심을 증폭시키고 있다. 어린 시절 과자에 대한 욕심으로 어머니를 난처한 처지에 빠지게 했던 일을 기억하며 지금 현재 병원의 수익을 올리기 위해 가난한 환자에게 불필요한 검사를 강요하는 것은 부끄러운 일이라는 것을 강조한 「소심한 진료비」도 이러한 측면에서 주목할 만하다.

　이것뿐만 아니다. 여기에는 참신한 발상과 그것에 따른 독특한 표현으로 우리의 흥미를 자극하는 글 또한 없지 않다. 산부인과 전문의가 되어 불가능할 것만 같은 제왕절개수술을 완벽하게 끝낸 후 자기에게도 알 수 없는 신비스러운 능력이 있다는 것을 발견하고, 그 잠재적인 에너지를 누구를 도와주거나 예술을 사랑하는데 바치고 싶다는 내용의 글은 자못 신비로울 정도로 신선하다. 사람이 죽고 사는 문제는 신과도 같은 어떤 큰 존재의 손에 달려 있다는 것을 처절한 경험으로 설명한 「부여 쥔 두 손」이란 글 또한 여기에 속한다. 또 사랑하는 사람과 헤어지거나 배반하는 것을 "고무신을 거꾸로 신는다."라는 유머로 표현한 말을 생각하며, 과거에 사귀었던 사람과 헤어져야만 했던 까닭을 담담하게 설명한 작품 「고무신」은 페이소스가 있지만, 감상적인 면을 보이지 않고 주제의식을 한국인의 정서가 묻어 있는 고무신의 운명적 탄생과 관련지어 나타내고 있는 것이 돋보인다.

> 현관에 나란히 놓인 고무신을 손바닥 위에 올려놓고 나는 혼자 속삭여본다.
> '고무신아! 고무신아!
> 네가 세상에 태어나지 않았다면
> 널 거꾸로 사는 이들도 세상엔 결코 없었을 텐데…….
>
> – 「고무신」 부분

이들 작품뿐만 아니다. 겨울에 만들어 놓은 눈사람이 바람에 사라지는 것을 화학용어로 승화昇華라고 표현하면서 그것을 위대한 창조를 위해 모든 것을 바치는 헌신적인 삶과 일치시킨 글 「내 안의 눈사람」은 비록 자의적인 비유로 나타나지만 새로운 발상을 나타내어 적지 않은 지적인 자극을 주고 있다.

제3부는 김애양이 의사로서 자신에 대한 경험보다는 그의 진료실을 찾아온 환자들의 아픔과 슬픔 그리고 그들의 애환을 객관적으로 그러나 연민의 눈으로 그리고 있다. 「향초」에서 그는 암을 유발할지도 모르는 종격동 종양mediasternal tumor이란 희귀한 병 때문에 투병 생활을 했던 그의 옛 환자가 그에게 선물로 가져온 블루베리 냄새가 나는 불이 켜진 향초를 보고, 이것을 암환자의 남아 있는 시간에 대한 이미지로 생각한다. 그러나 김애양은 그것을 죽음을 예고하는 향내 나는 촛불이 아니라 별이 하나 뜰 때까지 꿋꿋하게 병마와 싸울 의지를 보여주는 것으로 믿는다. 이 작품 역시 감상에 빠질 수 있는 비극적인 상황에 대해 연민의 정은 느끼지만, 그것을 시적으로 승화시킴은 물론 감상적으로 흐를 수 있는 감정을 시적인 이미지와 아포리즘을 통해 긍정적인 것으로 만들어 놓고 있다.

「두 줄기 눈물」은 성전환을 원하는 자식 때문에 눈물을 흘리는 어머니를 도와주지 못하는 의사의 딱한 심정을 담담하게 그려내고 있다. 「들킨 죄인, 숨긴 죄인」과 「잃어버린 노래」에서도 자기 진료실로 찾아와 우습게도 노래를 부르며 치료비를 대신하거나 약을 판매하며 살아가는 사람들을 연민과 애정의 눈으로 바라보며 그들의 이야기를 통해 세상의 어두운 면을 읽어내고 있다. 또 「지금은 예방 시대」라는 글은 흑단 같은 머리를 동여메고 검은 눈동자를 가진 스물다섯 살의 젊은 여인을 죽음으로 몰고 간 자궁암의 무서움을 이야기하면서 그것에 대한 백신의 발명이 인류에게 얼마나 중요한 일인가를 울림이 있는 언어로 이야기하고 있다. 「대신」 역시 '모야모야' 라는 희귀병으로 죽은 그의 후배 의사의 죽음을 슬퍼하지만 다른 사람을 위해 대신 죽었다고 말하고 있어 적지 않은 감동의 물결을 일으키고 있다. 이것뿐만 아니다. 의사의 치료 행위가 죽음과 질병을 가져온 불가사의한 신의 뜻에 위반되는 것이 아닌가 하고 반문하는 의사의 심정을 그린 「살려 주세요」라는 글과 그리고 미모 때문에 지체 부자 유자에게 성적인 학대를 당하는 키르기스스탄 여인의 슬픈 운명에 대한 작가의 인간적인 연민을 담은 글 「무거운 숨결」 등은 위에서 언급한 다른 작품들 못지않게 우리들에게 적지 않은 울림을 주고 있다.

제4부는 김애양 수필의 또 다른 면모를 보여주고 있다. 여기에 모아둔 글은 주로 그가 자연 현상을 은유로 사용해서 주제를 형상화하고 있다. 「햇빛 마시기」는 이것에 대한 대표적인 예다. 그는 이 글에서 "지구가 대가 없이 무한히 주어지는 태양열 때문에 과잉 에너지에 시달리는 것"처럼, 인간 역시 지나친 욕망 때문에 어려움을 겪는다고 하면서 다음과 같이 썼다.

그런데 남아도는 것은 비단 태양 에너지만은 아니다. 중년이 되고 자녀교육을 다 마친 후에 시간과 정신의 여유가 생기면서부터 주체 못할 만큼 넘치는 나의 열정은 어떠한가? 나의 욕망은 어떠한가? 굳이 "인간은 욕망하는 기계"라는 질 들뢰지의 말을 인용하지 않아도 하나의 결핍을 채우면 또 다른 결핍이 나타나 인간이 끝내 만족할 수 없는 게 아닐까?… 욕망을 채울 수 있다는 희망은 허구이고, 비울 수 있다는 믿음은 오만일 것이다.

―「햇빛 마시기」 부분

이렇게 그는 프랑스 소설가 르 끌레지오의 소설 『뢸라비』에서처럼 그의 진료실에 비치는 햇빛을 호흡하듯 마심으로써 채워지지 않는 자신의 욕망을 상쇄하고 있다. 이러한 그의 수사학은 「석모도의 낙조」와 「우물쭈물 저 달님」 그리고 「달도 일찍 저문 날」 등에서도 사용되고 있다. 이들 작품은 그가 감동적으로 경험한 자연의 움직임에 대한 느낌을 담고 있다. 그것은 그의 글의 배경이 될 뿐만 아니라 그의 삶을 올바르게 인식하는 계기를 마련하는 장場이 되고 있다. 그러나 그는 이렇게 거대한 우주적인 자연 현상에서만 그가 추구하는 삶의 진실을 발견하는 것이 아니다. 그는 못 생긴 모과의 생태 현상에서도 삶의 진실과 생활의 철학을 발견한다. 그가 모과의 향기는 노란 껍질에서 나기 때문에 그것을 벗기면 곧 향이 사라진다고 말하며 "모과차를 마실 때마다 향기를 고이 간직하는 관계란 어느 정도 거리를 유지할 것인지 겨우내 생각"하는 모습을 보이는 것은 잠언에 가까운 교훈을 가져다주고 있다.

제5부에 실려 있는 글들 역시 독특한 매력을 주고 있다. 김애양은 여기서도 개인적인 생활에서 일어나는 사소한 일들 가운데서 아무도 쉽게 발견할 수 없지만, 누구나 공감할 수 있는 보편적인 진실을

발견하는 눈을 가졌음을 보여주고 있다. 「구년만의 하산」은 정신과 의사인 남편이 오랫동안 실직 아닌 실직 생활을 한 것을 두고 마음의 실체가 공空이란 것을 발견하기 위해 면벽좌선面壁坐禪 9년을 보내야만 했다고 표현할 만큼 높은 수준의 유머를 구사하고 있다. 「파르마콘」과 「날 떠난 눈물이 자꾸 그립다」는 인체의 미용을 위해 눈썹을 키우는데 바르는 약과 폐경을 맞아 감정 조절을 위해 사용한 호르몬제가 나타내는 부작용을 설명한 작품이다. 그러나 이들 작품은 "의학적으로 묘약이면서 독약"이 되는 경우를 밝히면서 우주의 만물이 양면성을 지니고 있다는 사실과 함께 자연적인 것을 파괴하면 그것에 따르는 피해를 보게 된다는 것을 풍자가 섞인 감동적인 언어로 나타내고 있다. 또 「아찔한 소용돌이」는 자끄 라캉의 말을 빌려 페미니스트로서 어렵게 쟁취한 "자유가 곧 죽음"이라고 역설적으로 낯설게 표현하고 있지만, 부분적으로는 그것이 부정할 수 없는 사실이기 때문에 지적인 흥미를 느끼게 한다.

끝으로 제6부는 셰익스피어 연구에 일생을 바치고 딸에게 문학적인 재능을 내려주고 문학을 사랑하도록 영향을 끼친 아버지의 학자적인 삶과 문학에 입문하고자 했던 필자의 젊은 날의 욕망을 진술하게 회상한 풍경들이 밀도 짙게 그려져 있다. 아울러 사라져가는 전통적인 가치에 남다른 애정과 향수를 느끼는 글들이 여기에 함께 엮어져 있어 우리로 하여금 과거라는 거울에 오늘을 사는 우리의 얼굴을 비춰보게 하고 있다. 그래서 여기에 그가 보여주고 있는 그의 마음 자세는 물질문명에 함몰되어 정신적인 가치를 상실하고 있는 이 시대를 살아가는 사람들에게 구원의 빛이 되기에 충분할 것 같다.

그러나 이 수필집에 아쉬운 점이 전혀 없는 것은 아니다. 여기에는 「부러진 기타」와 같이 미학적인 울림을 줄 수 있는 탁월한 작품이 적지 않게 실려 있지만, 몇몇 작품은 전체적으로 보아 인용 부분이 너무 길어 구성상의 문제로 독자들의 높은 기대에 미치지 못한 부분이 없지 않다. 이것은 아마 짧은 기간에 너무나 많은 작품을 써야만 했던 절박감 때문에 일어난 현상인 듯하다. 문학 작품은 언제나 새로운 비전을 제시하며 인생이라는 넓은 공간을 조망할 수 있는 창의 역할은 물론 그것을 비춰주는 거울의 기능을 하며 더 나은 삶을 창조해야만 하는 목표와 이상을 설정해야 하므로 대단히 선택적인 경험으로 이루어져야만 한다. 언어 예술에서 말의 경제성이 필요한 것도 앞에서 언급한 것과 같은 이유 때문이다. 그러나 이것은 옥玉의 티에 지나지 않는다.

그래서 이 책은 다양하고 폭넓은 인문학적 지식과 삶에 대한 남다른 이해는 물론 깊은 성찰로 이루어진 보기 드문 산문집이다. 김애양이 의사로서 오랫동안 생명의 탄생을 돕고 인간의 육체적인 고통을 치유하는 일에 헌신적인 노력을 기울이면서도, 삶의 문제를 인문학적인 관점에서 생각하고 관찰해서 이렇게 훌륭한 책을 쓸 수 있었던 것은 문학에 대한 그의 남다른 애정과 집념 때문이란 것을 새삼 밝힐 필요가 없다.